눈물아

달려라

장미자 지음

CONTENTS

작가 이력

공모전 당선 이력	
2010 한국수자원공사 공모전 당선	2015 황순원 백일장 공모전 당선
2010 신사임당상 공모전 당선	2015 백천재단 공모전 당선
2010 한국관광학회 공모전 당선	2015 한국동서발전 공모전 당선
2010 HCN방송 공모전 당선	2015 전국생활체육대축전 공모전 당선
2010 아름다운가게 공모전 당선	2015 대한의사협회 공모전 당선
2010 행정안전부 인터넷윤리공모전 당선	2015 송석문화상 공모전 당선
2010 포천문화원 공모전 당선	2015 빛창공모전 당선
2010 k-water 공모전 당선	2015 부산문화글판 당선
2010 부산시사회공헌정보센터 공모전 당선	2015 국민권익위원회 청렴공모전 당선
2011 한국농어촌공사 공모전 당선	2015 통일부 공모전 당선
2011 EBS방송 공모전 당선	2015 샘터 공모전 당선
2011 포천문화원 공모전 당선	2015 농민신문사 공모전 당선
2011 대한낙농협회 공모전 당선	2015 대구도시철도공사 공모전 당선
2011 롯데공모전 전국공모전 당선	2016 동서문학상 공모전 당선
2011 초원장학회 공모전 당선	2016 여성시대 신춘편지쇼 당선
2011 국제환경실천연합회 공모전 당선	2016 김가네 전국공모전 당선
2011 경기문화재단 공모전 당선	2016 환경실천연합회 공모전 당선
2011 kb국민은행 전국공모전 당선	2016 충북광역정신건강증신센터 공모전 당선
2011 어린이문화연대 공모전 당선	2017 울산문학신인상 당선
2011 바르게살기운동중앙협의회 공모전 당선	2017 유한킴벌리 공모전 당선
2011 강원랜드 공모전 당선	2017 전국여성문학공모전 당선

공모전 당선 이력	
2011 창원인뉴스 공모전 당선	2017 우리숲 공모전 당선
2011 본죽 공모전 당선	2017 암센터 뉴스레터 공모전 당선
2011 한국편지가족 공모전 당선	2017 창원문화재단 공모전 당선
2011 충북여성문인협회 공모전 당선	2017 부산스토리텔링연합회 공모전 당선
2011 광주광역시 공모전 당선	2017 미래에셋 공모전 당선
2011 경원대학교 공모전 당선	2017 petz 공모전 당선
2011 여성시대 신춘편지쇼 당선	2018 이마트 전국공모전 당선
2011 한국정보화진흥원 공모전 당선	2018 한국환경공단 공모전 당선
2012 이지웰가족복지재단 공모전 당선	2018 동서문학상 공모전 당선
2012 창원시 공모전 당선	2018 한국전력공사 공모전 당선
2012 양천장애인복지관 공모전 당선	2018 안산시 공모전 당선
2012 민들레문학상 공모전 당선	2018 한국특수판매공제조합 공모전 당선
2012 서울톡톡 공모전 당선	2018 중앙자살예방센터 공모전 당선
2012 지필신춘문예 당선	2018 산림청 공모전 당선
2012 현대백화점 전국공모전 당선	2018 샘터 공모전 당선
2012 여성가족부 공모전 당선	2018 한국산림복지진흥원 공모전 당선
2012 지식경제부 공모전 당선	2019 인구보건복지협회 공모전 당선
2012 농림축산식품부 영주시 공모전 당선	2019 한국정보화진흥원 공모전 당선
2012 환경부 월간한맥문학 공모전 당선	2019 경북신문 공모전 당선
2012 하이원리조트 전국공모전 당선	2019 장애인인식개선 공모전 당선
2012 한국철도공사 공모전 당선	2019 인터넷윤리 공모전 당선
2012 한국도로공사 공모전 당선	2019 농림축산식품부 공모전 당선
2012 여성사전시관 공모전 당선	2019 세종시설공단 공모전 당선
2012 양천장애인복지관 공모전 당선	2019 부산광역시문인협회 공모전 당선
2012 사행산업통합감독위원회 공모전 당선	2019 충청남도 공모전 당선
2012 전라남도선거관리위원회 공모전 당선	2019 동시다발 공모전 당선

공모전 당선 이력	
2012 현대자동차 문예공모전 당선	2019 종로약속에세이 공모전 당선
2013 제5회 철도문학상 당선	2020 월간문학 한국인 공모전 당선
2013 한국산문 당선	2020 유안타증권 공모전 당선
2013 정식품 전국공모전 당선	2020 부산문화글판 당선
2013 광동식품 공모전 당선	2020 독립문 백일장 당선
2013 부산교통공사 시공모전 당선	2020 이효석문학선양회 공모전 당선
2013 장애우권익문제연구소 공모전 당선	2020 경기 다독다독 온라인공모전 당선
2013 식품의약품안전처 공모전 당선	2020 한국문인협회 서대문지부 공모전 당선
2013 효세계화운동본부 공모전 당선	2020 한국문화예술위원회 공모전 당선
2013 충청남도새마을회 공모전 당선	2020 DATDA 공모전 당선
2013 한국문화예술위원회 공모전 당선	2020 마음모아희망플러스 공모전 당선
2014 서울김장문화제 공모전 당선	2020 마로니에전국여성백일장 당선
2014 매일신문 공모전 당선	2020 안산여성문학회 공모전 당선
2014 전원생활 공모전 당선	2020 농민신문사 공모전 당선
2014 월간문학 공모전 당선	2021 문화백신 공모전 당선
2014 청호나이스 공모전 당선	2021 대현율곡이선생제 백일장 당선
2014 부산국제차어울림문화제 공모전 당선	2021 한글문화연대 공모전 당선
2014 KGC인삼공사 공모전 당선	2021 토지문학제 공모전 당선
2014 대한불교조계종 공모전 당선	2022 도봉문화원 공모전 당선
2014 아노복지재단 공모전 당선	2022 따뜻한 동화 공모전 당선

외 다수 당선

프롤로그

늘 고향이 그리웠다. 저마다의 색과 태로 피고 지던 꽃, 밤이면 흙 마당에 내려 앉는 누에 떼 같던 달빛, 앞산 오리나무 까치 참새 구름 바람.

정선 그곳에는 지금 딱 내 나이의 어머니가 있었고, 공자 맹자 육자배기로 타령 하던 아버지가 있었고, 옥수수 머리 땋아 인형 놀이 같이하던 언니가 있었고, 수 숫대 칼싸움으로 하루해를 넘기던 작은오빠와 남동생이 있었다. 겨울 눈바람 청산가리 콩을 먹고 죽은 복실이 돌 봉분으로 불어치던 날, 보따리 몇 개 리어카에 싣고 이곳 부산으로 오기 전까지, 그래 저 모든 이름이 거기에 있었다.

울산문학상 당선작 중 발췌

홍등 술집 드글대는 골목 앞 1톤 트럭 짐칸 위에서, 우동 국물 냄새 징그럽게 맡아가며 시래기국밥 말아가며 책을 읽던 스물둘 여자가 나 였다.

중학교도 나오지 못한 학력이라 고등학교 교과서에나 등장하는 학식, 대학교에 가야만 알 수 있는 상식, 지식들을 드러내는 사람들 앞에선 영락없이 기가 죽던 나였다. 그래도, 아니 그래서 눈알이 빠지도록 책을 빌려다 읽고, 손가락이 부러질 정도로 글을 써대던 게 바로 나였다.

글을 써 최우수상, 대상, 숱하게 입상한들 이놈의 목에 든 병으로 소감 몇 마디 발표하지 못해 수상을 고사해야만 했던 적도 많았다. 여기저기 책마다 박힌 내 이름 석 자, 정말 보기 싫었다. 생활비를 버느라 남의 책이나 써 주고 있는 나 자신이 너무도 싫었다. 멋대로 진열해 둔 수백 개 상패와 상장을 보며, 그래 너무 긴 세월 늘 서럽고 아팠다. 아무도 모른다.

그러나 살아가리라. 죽지 않았으니 문드러진 심장을 어루만지며 퉁퉁 부은 눈을 물로 씻으며 그래도 어쨌든 꿋꿋이 살아가 보리라. 하여 나는 오늘도 달린다.

가난(바를 正)

　새 운동화를 신고 싶었다. 꽃 달린 구두까진 언감생심 바라지도 않
았다. 학교에 입학하면 으레 헌 운동화 같은 건 이제 신지 않아도 되는
줄 알았다. 하지만 그게 아니었다. 아랫동네 아이들 몇, 나 빼곤 모두 새
운동화였다.

　그중 황 씨네 부잣집 딸은 꽃무늬 찬란하기도 한 빨간 구두를 신고
있었다. 아버지를 따라 걸어 내려가는 울퉁불퉁 산길, 애기무덤들 일
제히 입학 축하한다며 박수를 쳐 주었으나 나는 슬프기만 했다. 가슴
에 단 이름표와 손수건 따위 확 떼어 내 휙 던져 버리고만 싶었다.

　입학식을 하던 그날 태어나 처음 아버지와 짜장면을 먹었다. 옆자리
뒷자리엔 엄마와 함께 온 아이들도 많았다. 계집년이 그깟 글은 배워
뭐하냐며 밤낮 욕지거리로 구시렁대던 엄마가 너무나 야속했지만 그

래도 짜장면은 맛있었다.

입학식을 치른 며칠 후 근 70명 **빽빽**하게 모여 있는 교실 안, 반장 부반장은 이미 정해져 있었다. 머리를 한껏 부풀리고 벨벳 양장차림으로 나타난 어떤 아주머니의 아들은 반장이 되었고, 읍내에서 제일 잘 산다는 양옥집 딸은 부반장이 되었다. 그때까지만 해도 왜 반장 부반장이 미리 정해져 있었는지 알 수 없었다.

2학년 첫 시험에선 당당히 1등을 차지했다. 그리고 2학년 내내 늘 1, 2등을 했다. 3학년이 되었다. 4학년이 되었다. 그런데 이상한 건, 반장 부반장은 늘 같은 아이였다는 거다. 반장 부반장 선거도 한 적 없었는데 1반, 2반, 3반 반장 부반장이 그때까지 돌아가면서 하고 있었던 거다. 분명히 라디오 뉴스에서는 이런저런 선거로 연일 왁자지껄했건만.

더 의아했던 것은 우리 반 반장 부반장은 늘 나보다 공부를 못했다. 왜 나는 1등만 하고도 반장 한 번 부반장 한 번 할 수 없는 걸까. 학교라는 이곳에서는 공부 말고 정말 더 중요한 무언가가 따로 있다는 것일까.

5학년에 또 올라갔다. 웬일로 첫 반장, 부반장 선거가 열렸다. 〈반장 선거〉라는 커다란 글씨를 분필로 칠판에 써 놓고선 선생님이 말씀하셨다.

"자, 이제부터 반장이 되면 좋겠다는 친구를 자유롭게 추천하도록!"

1학년 때부터 반장 부반장을 해 오던 친구들 이름이 추천되었다. 그리고 바로 내 이름도 추천되었다. 추천에 오른 이름은 모두 나를 포함해 여섯 명이었다. 아이들이 써낸 투표지 이름에 따라 칠판의 후보자 이름 옆에는 바를 正 자가 하나둘 그려지기 시작했다. 내 이름 옆에도 바를 正 자가 하나둘 늘어나기 시작했다. 그리고 드디어 결과가 나왔다. 내가 획득한 바를 正 자가 가장 많았다. 나는 가슴이 쿵쾅거렸다. 그리고 속으로 외쳤다.

'맨날 도시락도 안 싸 온다며 가난뱅이라 놀리던 미정이, 산꼭대기 촌집에 산다며 또 놀리던 병규, 그보다 미술 시간에 스케치북 한 장 크레파스 한 개 없어 두 손으로 공손히 아무리 빌리려 해도 절대 빌려주지 않았던 짝꿍 향미. 나 이제 반장이 되니까 다들 까불지 마!'

아무튼 선거는 끝났고 선생님이 막 교탁으로 오르려던 순간이었다. 난데없이 교실 앞문이 옆으로 드르륵 열렸다. 교실 문을 연 사람은 다름 아닌 머리 한껏 부풀리고 벨벳 양장 차림인 지난 학년 반장 어머니였다. 반장 어머니는 수줍은 듯 과한 표정을 보이며 선생님 앞으로 다가갔다.

"선생님, 고생 많으시죠? 이거 아이들 먹으라고 좀 가져왔어요. 호호호!"

그건 단팥빵이었다. 단팥빵은 반 아이들 머릿수에 꼭 맞춰 한 개씩 돌아갔다. 뭔가 모를 불길함이 엄습해 왔지만, 단팥빵은 또 어찌 그리 맛있던지. 어쩌다 가끔 어머니가 쪄 주던 옥수수빵 하고는 감히 비교도 할 수 없이 달콤한 맛이었다.

어쨌든 단팥빵을 부려놓고 교실 문밖 복도에서 선생님께 연신 머리를 조아리던 반장 어머니는 돌아갔다. 그리고 선생님은 반장 발표를 내일로 미룬다는 짤막한 말만 했다.

다음날이었다. 아침 조회 시간, 선생님은 항상 옆구리에 차고 다니던 싸릿대 회초리를 손에 든 채로 말했다.

"반장은 ○○○이다! 그리고 부반장은 ○○○이다! 이상!"

이게 대체 어떻게 된 일이지? 아무리 여자라도 분명히 어제 치른 반장 선거에선 내가 표를 가장 많이 받았는데. 심장이 와르르 무너지는 것 같았다. 아침 집에서 먹고 온 옥수수밥이 도로 목구멍으로 넘어오는 듯했다. 하지만 선생님께 이유를 묻는 아이는 하나도 없었다. 나 역시 따지고 물을 엄두가 나질 않았다. 선생님이 손에 든 회초리가 무서웠다. 그저 서러움만 울컥거렸다.

이것이 바로 가난하면 그 어떤 것도 할 수 없단 거로구나. 나는 앞으로도 잘사는 사람들이 꾸며대는 비리와 부조리 속에서 살아가야 하는 거로구나. 어제 먹은 단팥빵의 구린 냄새가 교실 안에 온통 진동하는

15

것 같았다.

영문도 제대로 모른 채 반장 부반장 자격에서 박탈되어 학교를 파하고 운동장을 걸어 나왔다. 정문을 나서자 읍내에서 제일 잘산다는 양옥집 부반장 어머니가 학교 안으로 들어서고 있었다. 한 손에는 보자기로 싼 큼지막한 무언가가 들려 있었다.

다시 홀로 십오 리를 걸어 집으로 올라가는 길, 갑자기 봄 눈발이 날렸다. 눈발은 삽시간 거세지기 시작했다. 헌 운동화 속 발가락은 시렸고, 책가방 안에서도 달그락달그락 몽당연필 추워 떠는 소리가 났다. 박수 쳐 주던 애기 돌무덤들은 하얗게 침묵하고 있었다. 사립문으로 들어서자 아버지는 다리를 절룩이며 장작을 패고 있었고, 숟가락으로 감자 껍질을 긁고 있던 어머니는 내게 냅다 호통쳤다.

"왜 이제야 기어 올라오냐? 책가방 던져 놓고 날래 이 감재나 마카 깎아라!"

나는 그렇게 감자 껍질을 긁었다. 난생처음 제대로 맛본 가난을 긁었고, 가슴속 슬픔을 서걱서걱 긁었다. 물색없는 몇 개의 바를 正 자, 삼월의 눈발에 서걱서걱 날리고만 있었다.

제21회 토지문학제 전국 백일장 장원작

봄은 또 온다

이제

너의 슬픔 찬

골수를 이식하라

다른 땅에서는

그 눈물로

하나 꽃도 되리

그리움 나른할

어느 먼 훗날

꼭 어디 본 것 같은

홀씨 그게 바로 나

기쁘다 구주 오셨네

　겨울방학 시작 전 크리스마스 즈음에는 어김없이 연말연시 불우이웃 돕기 성금 모금을 학교 각 학급마다 했다. 마음에 있으면 하고 없으면 말고, 돈이 있으면 내고 없으면 말고 하는 민주 자발적 모금이 아니라, 단 한 명도 열외 없는 그건 분명 강요요, 강제였다.

　사글세 이만 원이 석 달 동안 밀려 엄동설한 길바닥으로 쫓겨날 판이라고, 당장 먹을 쌀 한 됫박도 뒤주에 남아 있지 않다고, 차라리 우리 식구 같이 죽자 새벽부터 어머니는 악악댔는데 도대체 누가 누구를 돕기 위해 있지도 않은 돈을 내야 하는 건가.

　성금 모금은 3일간 이어졌다. 오늘 내지 않은 아이 이름은 칠판에 적

혔고, 내일 내지 않은 아이 이름도 칠판에 적혔다. 하나둘 점점 칠판에 적혔던 이름은 지워져 갔으나 내 이름은 분필 가루 하얗게 덧칠되어 남아 있었다.

"니는 언제 낼낀데?"

선생님의 호령과 반장의 호통이 세상에서 가장 무서운 소리였다.

"엄마, 저… 저기… 불우이웃 돕기 성금을 내라고… 백… 백 원만… 주… 세…."

"뭐? 불우이웃 돕기? 이 망할 놈의 여슥이 어디서 돈타령이여?"

"그, 그게 아니라, 학… 학교에서…."

"창자를 발라내서 먹을라 캐도 없다 해라. 아이고, 이 드러운 내 팔자야!"

"엄… 엄마아!"

나는 그날 밤, 달빛도 들어오지 않는 다락방에서 손가락 퍼런 쥐가 나도록 스케치북 낱장에다 종이 인형을 그리고 또 그렸다. 서글프고 슬펐지만, 서럽고 아팠지만, 그림 그리는 솜씨라도 물려받은 이유로 무능한 아버지를 원망하지 않았다. 넉살 좋게 팔아먹을 수 있는 말솜씨를 물려받은 이유로 어머니도 원망하지 않았다.

아무리 그래도

아무리 그래도

 칠판에 적힌 내 이름을 지우기 위하여 내가 그린 종이 인형은 정말 팔기 싫었는데.

 다음날 밤새 그린 종이 인형을 소라라는 친구에게 현정이라는 친구에게 각각 오십 원씩 받고 팔아 성금으로 냈다. 그리하여 내 이름은 가장 마지막으로 칠판에서 지워졌다.

 며칠 후,

 나는 내가 가지고 놀 나만의 산타 옷 종이 인형을 그리려 했다. 하지만 그리지 못했다. 다락방에서는 아버지가 쿨럭거리며 각혈을 하고 있었으니까. 기쁘다 구주 오셨네 만백성 맞으라~ 사방에서 들려오는 그 눈물겹던 크리스마스 캐럴 소리.

그대,

어둔 가슴 뒤꼍으론 글썽이지 마라

앞뜰에야 나도 있어 똑똑

햇살 환히 받아 들고 이 한겨울 붉지

마스크

　우울증 약을 복용하면서부터 맑은 날이 싫어졌다. 쨍하게 뜬 해가 싫어졌다. 창문을 닫고 시커먼 커튼을 쳐 집 안으로 들어오는 햇빛을 모조리 차단했다. 그러면서 바랐다. 저 해가 더는 해로서 제구실을 하지 못하도록 먹구름이 마스크처럼 확실하게 가려 주기를. 오늘도 내일도 세상이 온통 마스크에 가려지기를.

　"울어?"

　"추워요? 왜 떨어요?"

　"무슨 말인지 못 알아듣겠는데."

　내가 말을 할 때면 사람들은 늘 이 같은 반응을 보였다. 그러다 보니 사람을 만나는 일이 두려워졌다. 대체 내 목소리가 어쩌다 이 지경이

됐을까. 언니의 자살 이후부터였다. 창밖으로 몸을 던지는 언니의 자살을 목격한 그날, 언니와 함께 내 목소리도 따라 죽었다.

전화를 할 때도 받을 때도, 누군가와 인사를 할 때나 시장에서 물건을 살 때도, 내가 하는 말을 한 번에 알아듣지 못하고 사람들은 얼굴을 찡그리며 되물었다.

'연축성 발성장애'는 과거 어떤 쇼크나 사고로 인한 후천적 목소리장애이며, 때로는 아무런 동기나 까닭 없이 나타나는 증후군으로서 특별한 치료법이 없다고 한다. 전 세계, 아니 대한민국에 나와 같은 이 질환을 앓고 있는 사람이 과연 몇이나 되는지 공식적으론 알 수도 없다. 나는 그중에서도 중증이다. 몇 달가량 그나마 좋아진다는 성대 보톡스를 맞아도, 과거를 도려내는 최면 치료를 받아도, 심지어 무당집에서 굿을 해도, 이미 변해 버린 내 목소리는 예전으로 돌아오지 않았다. 우울증은 나날이 깊어만 갔다.

목소리를 잃는 동시에 너무나 많은 것을 함께 잃었다. 사람들의 비웃는 듯한 시선과 조롱 섞인 말에 자존심이 뭉개졌고, 인간적 권리와 자격도 모두 박탈당했다. 나는 점점 더 어둡고 적막한 터널 속으로 몸을 더 깊숙이 숨겨 버렸다. 병신 같은 내 목소리, 성대에 염산을 콸콸 들이붓고 싶었다. 평생 이런 목소리로 살 바에는 아예 벙어리가 되는 편이 훨씬 낫겠다고 생각했다.

외출 시에는 마스크를 썼다. 이상한 목소리를 마스크 속으로 감춰버리고 싶었다. 알아듣지도 못하는 목소리나 내는 나의 입을 마스크로 처닫아버리고 싶었다. 왜 매일 답답하게 마스크를 쓰고 다니느냐며 누가 물어보면, '감기가 안 떨어져서요.'라고 대답했다. 나의 이 대답에 질문한 이는 고개를 갸우뚱하더니 냉큼 새끼손가락으로 자기 귀를 후볐다. 무슨 말이람? 하는 표정이 역력했다. 뭐, 그래도 마스크를 썼으니 언어 전달이 다소 불량한가 보다 생각하겠지.

코로나19가 창궐하면서 너나없이 마스크를 쓰기 시작했다. 다들 싫다는 코로나가, 다들 무섭고 두렵다는 코로나가, 다들 지긋지긋하고 징글징글하다는 코로나가 나는 내심 반가웠다. 마스크 착용 의무화에 따라 이를 어기면 과태료 10만 원에 처한다는 행정 명령이 떨어진 날엔 나도 모르게 기분 좋아 웃었다.

마스크를 쓰고 다니는 일이 전보다 훨씬 당당해졌고 더는 누구도 내게 왜 매일 답답하게 마스크를 쓰고 다니느냐는 질문을 하지 않았다. 낯선 이에게 나의 이상한 목소리를 들키는 일 따윈 내가 의도하지 않는 이상 일어나지 않게 되었다.

사람들은 빨리 코로나가 물러가고 마스크를 벗는 날이 오기만을 바라지만, 나는 마스크 벗는 날일랑은 영영 오지 않기를 바랐다. 모든 사람이 마스크를 벗고 쨍쨍하게 그 잘난 입들과 목소리를 자랑하는 날이 다시는 오지 않기를 바랐다.

그러던 어느 날이었다. 열한 살 때 소아당뇨 판정을 받고, 스무 살 되던 해부터 하루 꼬박 10시간 복막투석을 해오고 있는 조카의 SNS 프로필 사진과 글을 보았다. 다리는 이미 괴사가 진행된 지 오래인 조카, 두 눈도 거의 실명이 된 조카.

'마스크 답답해!' '마스크 벗고 싶어!'라는 글과 함께 마스크 쓴 언저리가 짓물러진 사진이 올라와 있었다. 살짝 어딘가 부딪히기만 해도 살이 썩고 뼈가 부서지는 조카였다. 하루 단 30분 정도 제집 아파트 아래 놀이터에 앉아 있는 게 유일한 외출인 조카였다.

나는 조카의 사진과 글을 보며 가슴이 철렁했다. 눈물이 쏟아졌다. 단 그 30분조차 바람도 제대로 쐬지 못하고, 햇볕마저 제대로 쐬지 못하는 조카. 그러니 조카는 마스크가 얼마나 답답할까. 건강한 사람들도 그리 답답해하는데.

눈물을 닦고 벗어 놓은 마스크를 한참이나 바라보았다. 기껏 떨리고 이상한 내 목소리나 감추자고 죽을 때까지 사람들이 마스크로 얼굴 반을 지금처럼 계속해서 가린 채로 살기를 바랐단 말인가.

'뭐라꼬요? 뭐 달라꼬요?'

상추 2천 원어치 달라는 말을 못 알아듣고 상추 파는 아주머니가 역시 내게 되묻는다. 그렇다. 어차피 마스크를 쓴다고 내 목소리를 완전히 감출 수는 없다. 오히려 마스크란 장애물에 가려 상대방이 더 알아듣지 못할 뿐.

나는 다시 코로나가 어서 썩 물러가서 속히 마스크를 벗게 될 날을 기다린다. 사랑하는 내 조카가 단 하루 30분일지언정 유월의 이 청량한 바람과 따스한 햇볕을 오롯이 즐기길 바란다. 마스크에 가려지고 감춰지는 서글픈 일들일랑 없어지길 바란다.

아침내 흐리던 날이 말짱해졌다. 먹구름 마스크가 벗겨지고 해가 떴다. 나는 지금, 창문도 커튼도 모두 열어 두었다.

문화백신 공모전 당선작

주목(朱木)

선 채로 운다는 것은

발 디뎌 기다리는 그리움이 남아서다

벌거벗은 바람의 갈퀴가 잎이 되는 것은

그대 눈물도 눈꽃이 된다는 거다

산맥을 깔고 앉은 너의 그루터기

아무리 온몸으로 하늘을 찔러대도

비록 별 하나 양식이 되지 못할지언정

선 채로 산다는 것은

네 고독으로 가는 그리움이 있다는 거다

인간은

이로운 것보다 해로운 것을 더 끊기 힘든 것 같아요.

음식이든 감정이든 뭐든 말이죠.

분명히 이롭지 않고 해 되는 걸 아는데도 희한하게 그래요.

어쩌면 이는,

인간의 속엔 '천사'보다 '악마'가 더 많아서 그런 걸 거예요.

하여 우리들에겐

어머니가 필요했고 아버지가 필요했고

노래와 책과 그림과 자연과 또 종교가 필요했을 테지요.

그런데

필요로 한 이 모든 것들도 완벽하진 않고

하물며 부처님 하나님도 너무나 바쁜 관계로

천사가 놀던 자리를 빼앗아 툭하면 악마가 쳐들어오거든요.

귀신도 나약한 사람에게 들러붙듯이 악마도 그래요.

왜냐면 다루기가 쉽잖아요.

그렇다면 어떻게 천사의 힘을 키워 악마를 해치우죠?

악마가 가장 좋아하는 것은 '절망'과 '좌절'이랍니다.

그러니 절대 절망하거나 좌절하지 말아요.

악마의 힘만 더 세지니까.

천사는 씩씩하고 강한 사람을 좋아한답니다.

지금 창문 사이로 들어오는 빛 한 줄기, 바람 한 줄기,

어서 꽉 붙들고 일어나요. 천사들이 친구들을 데리고 달려오도록!

굿

머리가 아프면 뇌신*, 소화가 안 되면 소다(Soda). 어머닌 늘 먹고 삼켰다. 담배는 태우지 않던 어머니였건만 치통이 일 때면 말린 대마 잎을 창호지로 말아 그 연기를 입에 머금다 뱉기도 했다. 또한 언제부턴가는 영문 모를 포도주색 액체 든 병이 찬장 안에 있었다.

부산으로 이사를 내려왔다. 눈발 거세게 휘몰아치던 날이었다. 부산행 완행열차는 어찌 그리 더디던가. 열두 시간은 넘게 걸렸으나 사이다 한 병 계란 한 알, 어머닌 결코 사 주지 않았다.

---

* 뇌신(腦新): 1950~1970년대의 해열진통소염제이다.

전학을 와서 6학년 겨울방학 어느 날, 어머닌 기숙사에 있던 언니와 나를 불러 앉혔다.

"사흘 뒤 자정 동상동 뻥튀기 사거리로 와야 한다. 반드시 자정 시간에 오거라."

무슨 일로 오라는 건지, 대체 왜 밤 자정 시간에 와야 된다는 건지 말해 주지도 않았다.

어머니가 오라던 날이 되었다. 어머닌 주간 식당 설거지를 끝내고 돌아와 무언가를 싸든 채 어디론가 급히 갔다. 나더러는 오늘 밤에 안 오면 마치 죽여 버릴 거라는 듯 재차 강조했다.

저녁 8시 무렵 공장 일을 끝낸 언니가 집으로 왔다. 그리고 밤 11시가 넘어서자 언니는 내 손을 잡아끌었다. 이 늦은 시간에 어디서 어머니가 사이다와 계란을 사 줄 리도 없을 텐데 언니와 나는 지금 어떤 이유로 가고 있는 걸까.

그날따라 달빛은 어찌 그리 휘영청 밝던지. 들려오는 소리라곤 개 짖는 소리와 겨울바람 소리뿐. 잠시 후 언니와 나는 어머니가 오라던 사거리 가까이에 도착했다. 그런데 저 앞에선 이상한 광경이 펼쳐지고 있었다.

사거리 바로 옆에다 상을 차려 생 돼지머리와 요상한 물건들 앞에서 쉴 새 없이 절을 하고 있는 무당과 어머니. 저 무당이 바로 어머니가 그리 믿고 있다던 무당인가. 내게 공납금은 안 대줘도, 내게 다만 단무지 두 쪽 들어간 도시락은 안 싸 줘도, 점집 신단엔 천 원짜리 만 원짜리 거침없이 올리도록 한 바로 그 무당이란 말인가.

절을 하다 말고 언니와 나를 발견한 어머니는 냉큼 오라며 손짓해댔다. 무서워 달달 떨리는 걸음으로 다가가자 무당과 어머니는 우선 절부터 하라 했다. 언니는 어머니 명령에 따라 계속 절을 했고 나는 우물쭈물 서 있기만 했다.

'바로 저 구멍가게 옆이 우리 반 아이 집인데. 왜 하필 여기서 굿판을 벌이고 있는 거냐고!'

서서 눈치만 보고 있는 나를 향해 어머니는 빨리 절을 하라며 성화를 부렸다. 이윽고 무당은 징을 치기 시작했다. 그 큰 소리에 휘영청 달빛마저 놀라는 듯했다.

나는 도망쳤다. 미치도록 뛰어 그 자리에서 도망쳤다. 그 같은 짓거리를 반 아이에게 행여 들키기라도 한다면 내내 놀림거리가 될 거니까. 턱턱 숨이 차올랐고, 툭툭 눈물이 쏟아졌다.

왜 내 어머니는 다른 어머니들처럼 곱게 차려입은 모습으로 성경책이나 손에 들고 교회 성당으로 가지 않는 건가. 왜 내 어머니는 다른 어머니들처럼 고요한 모습으로 절에 가서 기도드릴 줄 모르는 건가. 왜, 왜 내 어머니는, 저따위 흉물스러운 것들 앞에서나 저리 절을 하고 있는 건가.

집으로 도망쳐 온 나는 감히 단칸방 안으로 들어가지 못했다. 어머니가 돌아오시면 매타작을 할 게 뻔했으므로. 하여 옆에 붙은 주인집 1층 옥상으로 올라갔다. 그리곤 옥상에 방치되어 있던 찢어진 천막으로 몸을 둘둘 감았다. 겨울바람은 더욱더 매섭게 불어댔다.

새벽 3시가 넘어서야 삐그덕 주인집 대문 열리는 소리가 났다. 옥상 위에서 내려다보니 어머니와 언니였다. 어머니와 언니는 거의 초주검이 된 듯 축 처져 보였고, 나는 몸이 꽁꽁 얼었다.

더 이상은 추위에 견딜 수가 없었으니 방에 불이 꺼진 지 한참 지난 5시 무렵 살금살금 방 안으로 기어들어 갔다. 다행히 어머니는 곤한 잠에 빠져 있었으므로 들키지 않았다. 내가 없는데도 자라고 시킨 건 또 무당 짓인가.

아무튼 눈을 떴을 때는 이미 어머니는 식당으로, 언니는 공장으로 모두 간 후였다. 부엌 부뚜막 위에는 좀처럼 볼 수 없었던 떡과 과일이 그득히 놓여 있었다. 배는 고팠지만 먹기 싫었다. 떡과 과일에 나던 구역질 향냄새.

굿까지 했으나 어머니는 더 아파갔다. 화도 더 자주 냈고, 죄 없는 언니를 불러 때리는 일 또한 더 잦아졌다. 나는, 준비물 살 돈 백 원도 없어 짝지에게 공손히 손을 내미는 일 역시 변함없었다. 학교에 가느라 무당집 근처를 지나갈 때면 거기선 늘 고기 냄새가 풍겨 나왔다.

나는 어머니처럼 살지 않으리! 나는 절대, 어머니처럼 신이라 일컫는 그 어떤 따위에게도 절하지 않으리! 믿지 않으리! 의지하고 기대지 않으리!
고기 냄새를 맡으며 학교 가는 내내 작두로 저 무당을 찍어내려 죽이고 싶었다.

섬의 詩

별도 보질 않고 해당화만 보았다면

섬이란 내용으로 시를 쓰지 말아요

별빛 없이 어찌 해당화 그토록

환할 수 있는지 영롱할 수 있는지

무한과 고립의 상생을 이해 못 하거든

감히 몇 줄 쓰곤 시라 하지 말아요

그러니 시라는 건 그대여,

내가 섬을 이야기하는 것이 아니라

섬 한 폭 내게 와서 별을 짓는 겁니다

달맞이꽃 복녀

복녀!

복녀는 오바우골 아랫마을에 살았다. 두 해 전 어디선가 이사 와 홀어머니랑 단둘이 살았다. 길게 땋아 늘어뜨린 머리와 다 낡아 빠진 검정 고무신. 복녀는 하루에도 몇 번이고 우리 집 바로 밑 옹달샘 물을 긷느라 오르내렸다.

그 집 앞을 지날 때면 온갖 병든 어머니 대신 복녀가 감자밥이나 옥수수밥을 짓고, 고추밭 깨밭 마늘밭마다도 언제나 복녀가 호미를 손에 쥐고 있었다. 학교를 파하고 집으로 올라가는 무렵이면 저만치 마당 멍석에 앉아 다음날 읍내 내다 팔 깻잎을 묶고 있곤 했다. 때론 절구질을 하느라 땀 뻘뻘 흘리기도 했다. 복녀나 나나 같은 열 살 나이인데도 나는 학교에 다니고 있었고 복녀는 집에 있었다.

가여웠다. 자꾸만 가여웠다. 학교도 못 다니는 복녀가, 아버지도 없는 복녀가, 아픈 어머니만 있는 복녀가, 우리 집보다 더 가난해 보이는 복녀가.

그러던 어느 날이었다. 곧 해 빠지려 하는데 어디를 가느냐 어머니 말도 귓등으로 안 듣고, 동생과 나는 새우깡 뽀빠이를 사 먹으러 읍내 초입 구멍가게로 향했다. 그리로 가기 위해선 당연히 복녀 집 앞을 지나야 한다.

복녀 집 앞에 다다르자 습관적으로 고개를 돌려 살폈다. 복녀는 보이지 않았다. 지금 이 시간이면 저녁밥을 짓기 위해 부엌에서 한창 아궁이 불 땔 텐데. 하지만 감자 익어 가는 냄새도 옥수수 알갱이 익어 가는 냄새도 풍겨 나오지 않았다. 고개 갸우뚱, 남동생과 나는 구멍가게로 발길을 재촉했다.

아껴 먹으려 새우깡과 뽀빠이를 사들기만 한 채 다시 복녀 집 앞에 도착했다. 복녀가 보였다. 쪽마루에 걸터앉아 붉게 노을 든 저녁 하늘을 멍하니 바라보며 노래하고 있는 복녀. 나의 살던 고향은 꽃 피는 산골 복숭아꽃 살구꽃 아기 진달래….

초등학교를 1년도 마저 다니지 못한 복녀라 했으니 아는 동요라곤 저 노래밖에 없는 건가. 복녀는 항상 나의 살던 고향만 부르는 듯했다. 아무튼 애처로웠다. 계속 점점 가여워졌다.

다음 날, 학교 오전 반을 마치고 집으로 올라가는데 양철 물동이 머리에 인 복녀와 딱 마주쳤다. 내가 먼저 아는 체를 했다.

"물 받아 가나?"

"어."

"그거 안 무거워?"

"응. 괜찮아."

물동이 인 그대로 집 쪽을 향하는 복녀 뒤에서 나는 잠시 우물쭈물했다. 왠지 복녀와 좀 더 이야기 나누고 싶었던 마음이었을 것이다. 하여 이내 용기 내 복녀를 불러 세웠다.

"좀 쉬었다 가. 나랑 얘기도 좀 하고."

"왜?"

"그냥 뭐 아무 얘기나 나랑 좀 하고 가라고."

"그래. 그럼 잠깐만 있다 갈게."

그렇게 복녀와 풀밭에 나란히 앉았다. 복녀는 쭈그리고 앉아 달맞이꽃 잎사귀를 만지며 있었고 나는 책가방을 열었다. 그리고 뽀빠이 한 개를 꺼냈다. 뽀빠이는 어젯밤 먹지 않고 남겨둔 거였다. 새우깡은 가루까지 탈탈 핥아 먹었으면서 뽀빠이는 어찌 남겨 책가방에 넣어 두었는지 모른다.

"이거 먹을래?"

"뽀빠이네. 이걸 나한테 주는 거야?"

"어. 난 많이 먹었거든. 그러니까 너 먹어."

"고마워. 잘 먹을게."

그리곤 서로 아무 말 없었다. 아니, 엄마 기다리시겠다며 복녀가 곧장 일어났기에 더는 이야기할 수 없었다. 물동이를 이고 가는 복녀의 해진 윗옷 주머니에서 행여 뽀빠이가 빠져 버리면 어쩌나 잠시 걱정되었다.

어머니가 개떡을 쪄도 복녀부터 생각났고, 아버지가 어디서 사탕을 사 오셔도 복녀부터 생각이 났다. 어떻게든 조금 덜어 복녀에게 가져다주고 싶었다. 그런 나는 도둑고양이처럼 그것들을 챙겨 살금살금 복녀 집으로 갔다.

호롱불 희미한 방에서 바느질하고 있는 복녀의 그림자. 바느질은 엄마들만 하는 건 줄 알았는데. 컹컹 개가 짖자 복녀는 창호지 덧바른 문을 빼꼼 열었다. 그리곤 내가 기웃거리는 사립문으로 나왔다.

"이 시간에 어쩐 일이야?"

"그냥. 아니 이거 먹으라고."

"붕생이네?"

"응."

"이러다 너희 어머니께 혼날라. 이제 이런 거 가져오지 마."

"아니야. 우리 엄마가 너 갖다주랬어."

"그래? 그럼 고마워. 잘 먹겠다고 전해 드려."

달빛은 어찌 그리 밝은지 복녀의 얼굴은 마치 달맞이꽃 같았다. 잠시 후 옥수숫잎에 싼 붕생이를 손에 꼭 든 복녀가 내게 물었다.

"넌 소원이 뭐야?"

"나? 난 음… 글쎄. 모르겠어. 별로 생각해 본 적이 없어서. 너는 소원 이 뭔데?"

"나는 우리 엄마 병 다 낫는 거."

"그렇구나. 꼭 나으실 거야. 아무 걱정 마."

"그래. 나도 그렇게 될 거라고 믿어."

"응."

"나 그만 들어가 봐야겠다."

푸석푸석 낙엽 밟히는 늦가을이 되었다. 그동안 복녀와 나는 많이 가 까워졌다.

어디서 이 산골 초막까지 이사를 오게 되었는지, 복녀 아버지가 어 떻게 돌아가셨는지, 어머니는 어떤 병에 걸린 것인지, 무엇보다 학교 는 또 왜 그만두게 되었는지 등에 대해선 나도 묻지 않았고 복녀 역시 말하지 않았다. 그저 나는 복녀와 함께 있으면 좋았고 복녀도 그렇게 보였다. 늘 흰색 물방울무늬 블라우스와 곤색 플레어스커트 차림이던 복녀.

어쨌든 그날도 학교를 파하고 집으로 올라가는 길이었다. 그런데 저 멀리 회색 연기가 치솟고 있었다. 저기는 복녀 집이 있는 곳인데 대체 뭘 하기에 저런 연기가 나고 있는 걸까.

마구 뛰어 올라갔다. 가까이 다가가는 만큼 내 심장도 쿵쾅거렸다. 가마솥 아궁이 밥 짓는 연기가 저 정도일 리 없다. 개밥 끓이는 연기도 저렇게까지 날 수 없는 것이다. 숨도 안 쉬고 치달은 두 발이 맥없이 툭 멈췄다.

복녀 집이 타 버렸다. 뿌연 연기를 헤치며 복녀를 찾았다. 그러자 온통 시커멓게 그을음 잔뜩 묻은 복녀가 넋을 잃은 채 마당에 널브러져 있었다.

"복녀야, 이게 어떻게 된 일이야?"

"…"

"어… 어머니는?"

"…"

"정신 차려 봐. 어머니는 어디 계셔?"

"돌아가셨어."

우리 어머니 아버지가 그날, 볼일 있다며 큰댁 있는 여량으로 가지만 않았어도 불길을 보자마자 냉큼 달려가 껐을 텐데. 그랬다면 복녀 어머니는 무사했을지도 모르는데.

복녀가 읍내 내다 팔 보리똥(보리수)을 따러 산으로 들어간 사이, 방에 누워 있던 복녀 어머니가 불을 냈던 것이다. 어찌하여 불이 번진 건지는 복녀도 알 수 없었다. 어머니는 이미 숨을 거두었으므로.

겨울이 왔다. 얼어붙은 옹달샘을 돌로 깨내고 여전히 물을 긷던 복녀가 어쩐 일로 한 이틀 보이지 않았다. 내일은 꼭 복녀한테 가 봐야지. 남동생 몰래 숨겨 둔 쫀드기와 청포도 맛 왕사탕을 만지작거리며 생각했다.

방학 중이라 일찌감치 일어나 학교에 갈 일은 없었으니 해가 훤히 뜨고 나서야 아침을 먹자마자 복녀 집으로 갔다. 복녀를 불렀다. 이제 혼자 살고 있는 복녀를 불렀다.

그러나 아무런 인기척도 느껴지지 않았다. 부엌문에는 굳게 빗장까지 처져 있었다. 방문을 열자 싸늘한 공기만 덩그러니 내려앉아 있었다. 복녀는 어디로 간 것일까.

복녀는 떠났다.

낡은 옷가지 몇 개와 어머니 영정 사진만 보따리에 싸서는 멀리멀리 떠났다. 내게 간다는 말 한마디 없이 그리 야속하게 떠나 버렸다.

읍내 사시는 복녀의 먼 친척 말로는 복녀가 서울로 갔다 했다. 서울에 복녀의 작은아버지가 계시는데 거기서 공장 다닐 거라며 갔다고 했다. 그나마 성한 남은 세간 몇은 그 뒤 누군가 리어카로 실어 갔다.

복녀가 찧던 절구와

복녀가 돌리던 맷돌과

복녀가 이던 물동이만이

그렁그렁 남았다

아무리 그렇더라도 어찌 그렇게 바람처럼 사라질 수가 있단 말인가.
적어도 나하고 작별의 말일랑은 나누고 갔어야지.

봄이 되면 복녀 생일날, 꼭 연두색 머리핀 한 개 사 주려고 했는데. 촘
촘 제 손으로 땋은 그 머리에 예쁜 머리핀 꽂힌 걸 진짜 보고 싶었는데.

몇 달 후 편지 한 통이 왔다. 보낸 이는 복녀였다.

잘 지내지? 작별 인사도 없이 와서 미안해. 괜히 눈물 날까 봐 안 했
어. 난 공장에 다녀. 열심히 일해서 돈 많이 벌 거야. 아, 그리고 공부도
할 거야. 나한테 잘해 줘서 진짜 고마웠다. 우리가 늘 앉아 있던 거기
에 달맞이꽃이 한 열 번 피고 지면 그땐 너 한 번 보러 갈게….

복녀의 두 번째 소원은 어쩌면 공부하고 싶던 거였을까. 아무튼 이상
했다. 답장할 수 없었다. 내가 하는 편지가 복녀에게 부담이 될 것 같
아서였던지, 아니면 무슨 말을 써야 할지 몰랐던 것인지. 아니, 아니,
배신감이 너무 깊었던 탓인지.

그저 복녀 말대로 달맞이꽃 열 번만 피었다 질 때까지 기다리고 있으면, 언젠가는 꼭 복녀를 다시 만날 수 있을 것 같았다. 기다리자. 아무런 내색 없이 말도 없이 다만 여기서 기다리고 있자.

복녀와는 그 편지가 마지막이었고 나는 얼마 후 부모님을 따라 부산으로 이사 내려왔다. 수신자도 없는 나의 옛집으로 혹 복녀가 편지를 또 보냈었을까?

복녀에게 편지를 쓰다 지우다 쓰다 지웠다. 달맞이꽃 우정을 내내 유지하기엔 부산이라는 이 거대한 도시가 너무나 삭막했던 탓일 테다.

미안하다 복녀야

달맞이꽃 열 번 다 피고 지더라도

나의 살던 고향 꽃 피는 산골로 가지 마라

네겐 눈물뿐인 그 산골로 절대 찾아가지 마라

사십 년 훌쩍 지난 지금도 그곳에 복녀가 있다. 수십 번 지고 핀 달맞이꽃으로.

보고 싶다. 그리운 복녀!

봄비

그대 잠든 창 돌아 뒤뜰에다

봉숭아 한 폭 등촉처럼 심고서

봄비봄비 되돌아오고 싶은 밤

업(業)인가, 주의 뜻인가

내게 왜 그런 일들이 벌어져야 했을까.

어찌하여 그리 모진 사건들이 일어나야 했을까.

불교에선 업이라 할 테고,

기독교에선 그 역시 주의 뜻이라 할 텐가.

머리통에 온갖 약칠을 하고

색색의 줄을 연결해 붙이고

목구멍으론 끈적한 약물을 삼키고

몇 번의 구역질에도 성대를 헤집고

곰팡이 가득한 단칸방에서

뜨거운 국물로 무릎을 덴 적도 없는 의사가

짝사랑하던 교회 오빠로부터 성폭행당해

피 흘리며 처녀성을 짓밟혀본 적도 없는 의사가

고막이 터지도록 폭행당해본 적도 없는 의사가

가난 때문에 어머니를 잃어본 적도 없는 의사가

가난 때문에 아버지를 잃어본 적도 없는 의사가

내 살과 피를 버린 죄책감에 시달려본 적도 없는 의사가

죽으려 왼쪽 팔목 동맥을 끊어본 적도

죽으려 옥상 난간 위에 서 본 적도

죽으려 수면제 60알을 삼켜본 적도 없는 의사가

천재 두뇌를 처박아놓고 울며불며 살아본 적도 없는 의사가

누군가의 자살을 지켜본 적도 없는 의사가

친형제의 자살 장면을 목격한 적도 없는 의사가

대체 뭘 안다고 내 머리 꼭대기에서 이래라저래라.

우리 언니는 6층 베란다에서 몸을 던졌는데

그날은 늦가을 은행잎이 귀신처럼 나부끼던 밤이었는데

'괜찮아요, 푸른 풀들과 예쁜 꽃들이 보여요.'

사실을 거짓으로 바꾸어 내 머릿속에 저장하라고?

아무나 잡고 마구 욕하고 싶다.

입에서 나오는 대로 마구 욕해대고 싶다.

세상의 모든 욕들을 내뱉고 싶다.

악악! 소리치고 싶다.

말도 잘 나오지 않는 이 병든 목이건만.

열여섯 열여덟

전화가 왔다. 잠결에 받느라 이름도 확인하지 않고 받았다.

"내다. 잘 사나? 온천장으로 원정 왔는데 술 한잔하자."

그때서야 누군지 알았다. 이미 술에 많이 취해 있는 목소리. 원정이라면? 그 세계에서 자주 쓰는 그런….

"어, 오랜만이네. 근데 지금은 곤란해. 다음에 봐."

한창 비행 청소년이 되어 돌아다니던 때, 선배들 몇은 아저씨들과 여인숙에 갔다가 돈 몇 푼 들고 나타나곤 했다. 오천 원, 만 원, 때로는 이만 원이나 되는 큰돈까지도 갖고 왔다. 그 돈으로 우리는 떡볶이와 어묵을 사 먹으며 배를 채웠다.

돈이 떨어지면 또다시 선배들은 음흉한 웃음으로 손짓하는 아저씨들을 따라 여인숙으로 갔다. 그러나 돈은커녕 입술에 피가 터지도록 그들로부터 흠씬 두들겨 맞고 옷이 찢긴 채 오던 적도 많았다. 나를 부르는 아저씨들도 많았다. 나는 한사코 따라가지 않았다. 강제로 잡아 끌려 하면 사력을 다해 도망치곤 했다.

아이들도 선배들도 나도, 푹 젖어 불도 붙지 않는 연탄 같았다. 세상 모두 시커멓기만 했다.

여인숙에서 돈을 가장 많이 들고 왔던 ○○언니, 몇 해 전 저녁 집 앞 편의점에서 그 언니와 정말이지 우연히 마주쳤다. 30대 때 몇 번 보았긴 했었는데 언니는 결혼 생활 중이었다. 아저씨들 따라 여인숙을 드나들던 일은 철없던 시절에 아주 잠깐 했을 뿐, 지금은 아이 낳아 기르며 누구보다 평범하게 살고 있다 했었다.

그런데 지금 다시 또 만난 언니의 모습은, 아무리 보아도 평범한 50대 중년 여성으로 보이지 않았다. 쫙 들러붙는 가죽 레깅스와 노랗게 염색한 머리, 그리고 십 센티도 넘어 보이는 하이힐과 너무나도 짙은 화장. 아무튼 반가운 마음에 나는 당장 우리 집에 가서 얘기나 하자며 팔짱을 꼈다.

사실은 오래 전 이혼하고 미씨방인가 하는 데를 다닌다네. 2차도 나간다네. 아무나 돈만 주면 나간다네. 그래, 직업이 무슨 상관있나. 열심히 살면 되는 거지…. 말을 했으나 솔직히 마음까지 그러진 않았다.

'열 몇 살에 하던 그 짓을 나이 쉰이 넘어서도 하고 있나?' 사실 이게 내 본마음이었다.

반가운 마음도 잠시, 전혀 대화가 되지 않았다. 언니는 온갖 저질스러운 단어와 욕과 속어들을 남발하며 말을 했다. 언니의 관심사는 오직 돈 많은 영감 하나 빨리 구해서 용돈이나 받으며 편히 사는 거라 했다. 몇 시간 후 언니는 어떤 남자의 전화를 받고 황급히 갔다. 백에서 향수를 꺼내 가랑이 사이에다 흠뻑 뿌리고선.

며칠 후 언니로부터 전화가 왔다. 술에 취해 해롱거리며 하는 말이, 성형수술을 해야 하는데 돈이 없단다. 나더러 좀 빌려 달란다. 나이 오십 넘어 그런 생활을 하려면 얼굴이라도 고쳐야 손님이 찾는단다. 하, 나는 그 흔한 옷 한 벌 안 사 입고 산다.

내 하고픈 말만 하고 끊어 버렸다.

"적어도 얼굴 뜯어고친다며 돈 빌려달라는 사람하곤 상종하기 싫다. 단지 추억 하나로 반가웠던 사람에게 이런 식으로 그쪽 기질 부리는 거 아니다. 다신 연락 하지 마."

터덜터덜 걸었다. 그러다 길가 나무 아래 벤치에 앉아 서글펐다. 눈물이 막 쏟아졌다. 그녀가 바보인지 내가 바보인지, 그녀가 잘못인지 내가 잘못인지.

그래도 툭하면 떠오르고 종종 보고팠다 그 언니가!

○○언니와 내 왼쪽 팔목에는 똑같이 생긴 흉터가 있다.

한날한시 연탄 물로 시커멓게 문신을 새겼고, 또 한날한시 소년감별소에서 강제로 문신 제거 수술을 받았다. 의학 기술이 형편없던 때(곳)였으므로 칼로 도려낸 후 살을 끌어당겨 꿰맨 선명한 흉터.

언니가 아무리 성형수술을 하여 얼굴이 변한들, 내가 아무리 늙은들, 팔목 수술 자국만 보면 그러니 어디서든 알아볼 수 있다.

수십 년 동안이나 내 왼쪽 팔목에 그리움으로 새겨 놓았던 ○○언니, 이젠 이 그리움마저 제거해 버려야겠다. 그때처럼 아프지 않을 거다. 잊는 기술도 발달한 나이니까.

흑장미

이 한 가슴 실컷 붉다

까맣게 타던 날도

당신으로 향하는 난,

미움마저 美움이었다

소년 감별소 카네이션 그녀

소년 감별소 담벼락은 열 몇 해 사는 동안 가장 높은 높이였다. 그래도 봄이 왔다고 개나리가 피더라. 팔뚝에 새기다 만 연탄 문신은 뱀 혓바닥처럼 시커멓게 스멀거렸다.

언니가 들고 온 펄펄 끓는 만둣국이 냄비째 내 무릎에 쏟아졌다. 살점이 벗겨져 나가고 뼈가 으스러지는, 병원에 갔다면 아마도 2도나 3도 화상이라는 진단을 받았을 것이다. 부엌 찬장에 들어 있는 반찬이라야 단무지 짠지 몇 조각이 전부이던 가난한 집구석, 아비규환으로 아무리 비명을 질러대도 어머닌 나를 병원에 데려가지 않았고, 곰팡내 풍겨대는 단칸방 구석에 누운 내 무릎에다가 몇 날 며칠 쭈그리고 앉아 소주와 간장만 발라 주었다.

그래도 소주 간장 그 무식한 것들이 약은 된 것인지 절룩이며 보름만에 일어나긴 했다. 하지만 곧 어머니가 쓰러졌다. 그동안 몇 번이고 오른쪽 가슴을 쥐어뜯으며 혼절하던 어머니가 병원에 실려 가자마자 이내 돌아와 새벽녘 숨을 거두었다. 어머니는 간암 말기였다. 이미 오래전부터 암이었을 것이다.

어머니를 공동묘지에 묻고 돌아온 날, 부엌 시멘트 바닥에 앉아 내 무릎을 가만히 들여다보았다. 흉측하게 변해 버린 내 무릎, 괴물같이 달라져 버린 내 무릎, 나 이 꼴로 학교를 어떻게 가지? 반 아이들이 마구 놀려 댈 텐데. 마치 전염병이라도 걸린 환자처럼 대할 텐데. 게다가 나는 이제 엄마도 없잖아. 아마 더 놀리고 더 멀리하며 다들 나를 따돌리겠지.

공부도 학교도 집도 모든 게 싫어졌다. 나는 방세 주려고 공장에 다니는 언니가 서랍장 안에 넣어 두었다던 돈 이만 원을 훔쳐 집을 나왔다. 그리곤 껄렁거리는 아이들 패에 들어갔다.

정확히 만 이천 원이 지연 언니와 내가 훔친 돈이었다. 아는 오빠 집에 갔다가 책갈피에 꽂혀 있던 돈을 훔쳤다. 돈을 훔쳐 나와 길을 가는데 우리의 행색에 의심을 품고 접근한 파출소 직원들에게 잡힌 것이었다. 주소와 다니는 학교를 대라는 파출소 순경의 추궁에 나는 절대 내 집 주소와 학교를 말하지 않았다. 물론 지연 언니도 마찬가지였다.

지연 언니와 나는 경찰서로 넘어갔고 특수절도라는 죄명으로 여경으로부터 몸 검사를 거친 후 2층 여자들이 우글대는 유치장에 들어갔다. 유치장 문이 열리자마자 걸레를 입에 물고 빵끼통까지 기어야 했다. 그리곤 가차 없이 두들겨 맞아야 했다. 유치장 방장은 나이 쉰에 사기 전과가 무려 11범이었다.

집에 알리지 않았으니 마아가린 휴지 하나 지연 언니와 내 앞으로 들어올 리 만무했다. 하여 거지 같은 어린년들이라며 맞고 또 맞았다. 그럴 때마다 집에 가고 싶다는 생각이 들었으나 집인들 여기보다 나은 게 뭐 있냐며 지연 언니와 나는 숨죽인 채 속닥였다.

유치장에서 얼마나 있었는지는 잘 기억이 나질 않는다. 그저 포승줄로 묶여 검찰청으로 넘어갔다가 다시 유리창 모두 막힌 버스를 타고 또래들 바글거리는 곳에 내려졌다.

소년 감별소였다. 열여덟 소매치기 3범, 열일곱 폭력 전과 2범, 젖살 포동포동한 열셋은 지연 언니와 나랑 같은 절도범…. 그곳에선 교도관을 선생님이라 불렀다. 무섭게 생긴 몇 분 중 가장 젊고 인상이 좋은 여선생님이 지연 언니와 나를 불러 집 주소를 대라 했다. 이제 와서 집 주소를 댈 거였으면 애당초 파출소에서 말하지 않았을까. 나는 집 주소를 더욱더 철저히 감추며 아버지든 언니든 면회 올 일을 완벽하게 차단했다.

먼저 들어온 선배(?)들의 말에 따르면 이곳에선 가족이 면회 오지 않으면 소년원으로 간다고 했다. 그렇다면 지연 언니와 나는 100% 소년원으로 갈 거다. 개나리도 피지 않을 더 사방 막힌 그곳으로 갈 거다. 까짓거, 가면 되지 뭐.

얼마 후 소매치기 3범과 폭력 전과 2범이 소년원으로 갔고, 열셋 절도범은 제 어머니를 따라 훈방되었다. 이제 곧 지연 언니와 내 차례가 될 것이다. 재판을 며칠 앞둔 날, 하얀 가운을 입은 의사가 와서 새기다 만 문신을 제거해 주었다. 그날 감별소 식당 식판에 나온 꽁치 김치찌개 맛이 왜 그리 좋았을까. 그날 저녁 점호 전, 막내 여선생님은 "이리 와 봐." 지연 언니와 나를 불러 세웠다.

"며칠 지나면 어버이날인데 부모님께 카네이션 달아드린 적 있지?"

"네."

"빨리 나가서 또 달아 드려야겠지? 그렇지?"

"……."

지연 언니는 눈물을 뚝뚝 흘렸고 나는 울지 않았다. 그리고 이틀 후 어버이날을 맞아 감별소 수감 소년 백일장이 감별소 마당에서 열렸다. 백사십여 명이었던가, 이백사십여 명이었던가, 아무튼 내가 1등을 차지했다. 다음날 지연 언니의 아버지가 감별소로 왔고 막내 여선생님은 나만 따로 불러 내 손을 꼭 쥐고 말했다.

"너는 여기에 와 있을 애가 아니야."

드디어 재판 날이었다. 아버지가 오셨으니 지연 언니는 당연히 나갈 테고 나는 소년원으로 가겠지. 멍한 모습으로 판사 앞에 앉아 있는데 저쪽에서 막내 여선생님이 사춘기의 천지 분간 없는 자존심 같은 건 버리라는 듯 나를 향해 입을 앙다물고 있었다. 이어 막내 여선생님은 재판장님께 한 말씀만 드리게 해 달라며 간청했다.

"이 아이는 백일장에서 1등을 한 아이랍니다. 그 글을 한 번만 읽어 봐 주십시오. 부디 소년원이 아닌 세상 밖에 나가 마음 새로 다져 반드시 착하고 모범된 사람으로 커갈 수 있도록 선처해 주십시오."

돈 오십 원을 아끼느라 한 시간을 걸어 학교로 갔다. 그렇게 며칠 모아 종이로 만든 이백오십 원짜리 카네이션 두 개를 샀다. 오백 원짜리 생화 카네이션을 사고 싶었지만 아침밥도 못 먹고 학교로 가는 그 길은 너무나 멀었다. 아버지는 종이 카네이션을 가슴에 달고 산불 조심 완장을 팔에 차고 산으로 들어가셨다. 어머니도 종이 카네이션을 가슴에 달고 식당으로 설거지를 하러 가셨다. 나들이 온 단란한 가족들이 낸 산불 때문에 아버지는 그날, 얼굴 온통 그을음이 시커먼 채로 집으로 오셨다. 그래도 종이 카네이션은 빨간 그대로였다(이하 생략).

판사는 막내 여선생님이 내민 내가 쓴 글을 읽었다. 그리곤 금테 안경을 콧잔등 위에 다시 내려놓더니 단호한 어조로 내게 말했다.

"이번만 봐주는 거다. 알았나?"

그렇게 석방이 되어 지연 언니는 아버지를 따라갔고 나는 주춤거리며 서 있었다. 그러자 막내 여선생님이 버스 타고 가라며 돈 이천 원과 초코파이 두 개를 주었다. 그리고 또 가방에서 붉은 카네이션을 꺼내더니 내 손에 가만 쥐여 주었다.

"집에 가서 부모님께 달아 드려라. 그리고 여긴 다신 오지 마라. 알았지?"

어머니 돌아가신 날만큼이나 나는 펑펑 울었다. 멀어지는 담벼락에 내 이름 석 자 도로 봄 오듯 피어오르고 있었다. 시간이 지나 막내 여선생님에게 연락을 드렸더니 감별소 백일장에서 1등을 한 내 글이 책에 실려 전국 소년 수감소로 전달되었다 했다.

그리고 20년 뒤 어느 날, TV를 보다 시선이 멈췄다. 소년 범죄 전과 5범이었다는 한 남자, 소년원에서 우연히 책에 실린 글 하나를 보고 마음 고쳐먹었다 했다. 완전히 새사람이 되어 사회로 나왔다 했다. 바로 내가 썼던 그 글이었다.

세월은 흐르고 흘러 나는 어른이 되었다. 어긋나려 하는 아이의 등을 따스하게 토닥이고 빗나갈 듯 허기진 아이에게 초코파이 건네 줄 줄 아는 어른이 되었다. 수십 년도 훌쩍 지난 지금, 이름도 가물하고 얼굴이야 잊혀 버렸지만 그녀는 늘 내 가슴속에 카네이션 붉은빛으로 선명하게 남아 있다.

따뜻한 동화 수기 공모전 대상작

풀씨

어느 날 길을 가다 멈췄다.

콘크리트 위로 삐죽 올라온 풀들,

'목질도 아닌 연약한 풀이건만 어찌 이리 뚫었을까?'

지금 생각해보면 아니다.

풀이 콘크리트를 뚫은 게 아니라

금 가고 틈 벌어진 콘크리트 사이 풀씨 떨어져 자란 거다.

종종 내 가슴도 균열난다.

이제는 그만 단단히 굳었다고 여겼지만

휙 불어오는 바람 한 줄에조차 영락없이 터지곤 한다.

기다리자,

또 어떤 때 묻바람 불면 나풀나풀 풀씨 이 가슴에 날아와

푸릇푸릇 저 남은 날들 가훼(嘉卉)를 이루겠지.

마중과 배웅

  비석도 상석도 없는 봉분 꺼진 무덤들 여기저기서 마구 곡을 해 대던 야산 아래, 열두 가구 판잣집 사글셋방 한 칸이 바로 우리 집이었다. 폐병에 걸려 죽을 듯 기침해 대며 피 냄새 진동하도록 각혈하던 아버지는 곰팡이 잔뜩 핀 다락방으로 유폐되었다. 그리고 어머니는 주야간 교대로 식당 설거지를 다녔다.

  '내가 이 집구석을 박살 내든가 해야지. 아이고, 징그러워. 저놈의 기침 소리.'

  단 하루도 넋두리나 한탄을 하지 않는 날 없었다. 어머니가 두려웠고 무서웠다. 자칫 눈 밖에 나기라도 한다면 언니한테 한 것처럼 이제 내 머리통을 후려갈길까 싶어, 열두 살 나는 최대한 어머니 비위 거스르지 않도록 잘 보이려 무던히도 애썼다.

어머니가 주간 근무를 할 때는 저녁 여덟 시나 되어야 퇴근했다. 부엌 시멘트 바닥이며 방바닥을 닦고 또 닦아 놓은 뒤 부리나케 버스 정류장으로 나가 서 있었다. 어머니 도착 시간 전에 무조건 가서 기다리고 있어야 그나마 '자식새끼 마카 다 필요 없는 기래.' 또 그 징글징글하고 날 선 소리를 듣지 않게 될 거니까.

내복은 무슨 내복, 그저 여기저기서 얻어온 낡은 스웨터 차림으로 발동동 오들오들 떨고 있었다. 마침내 금사동이 종점인 79번 버스가 구정물 잔뜩 묻은 어머니를 싣고 기어 왔다. 버스에서 내린 어머니 손엔 어김없이 비닐 보퉁이가 들려 있었다. 오늘은 식당에서 팔다 남은 반찬 무엇을 얻어오나.

잽싸게 어머니 비닐 보퉁이를 낚아채 들곤 '엄마, 힘들었지?' 사실은 속에도 없는 말을 억지로 과장하며 위하는 척 다분히 했다. 하지만 어머니는 역시나, 추운데 왜 나와 기다리고 있었느냔 말 한마디 없었다.

몇 걸음 가면 과일 가게, 또 몇 걸음 가면 붕어빵. 허구한 날 식당에서 얻어온 콩나물과 단무지 반찬으로 끼니를 때우던 열두 살 어린 허기는 매번 꼬르륵 요동을 쳤다. 그러나 어머니는 그런 내 허기 따위 관심 없다는 듯 무표정으로 외면했다. 이렇게 늘 마중을 나오고 배웅도 하는데 그깟 사과 한 개 사 주면 어때서, 붕어빵 하나 사 주면 어때서.

아무튼 어머니가 주간 근무일 때는 매일같이 버스 정류장으로 저녁에 마중을 나갔고, 야간 근무일 때는 매일같이 버스 정류장으로 저녁에 배웅을 나갔다. 단 한 번의 보상도 대가도 없던 그 춥고 시린 마중과 배웅.

 그러던 어느 날이었다.

 언니가 뜨거운 만둣국 솥 들고 문지방을 넘다 엎어져 그 뜨거운 국물이 내 오른쪽 무릎으로 쏟아졌다. 나는 비명을 질러댔다. 다락방 아버지도 다니러 온 큰오빠도 어서 빨리 구급차를 부르라 성화였으나 어머니는 내가 알아서 한다 했다. 그리곤 소주를 가져다 내 무릎에 콸콸 들이부었다. 나는 더 숨이 넘어갈 듯 비명으로 악악댔다. 언니는 어머니로부터 머리통이 갈겨졌다.

 대체 몇 도인지도 알 수 없는 화상을 입은 채 꼼짝없이 누워 있었다. 어머니는 식당 일을 나가지 않았다. 사흘이 넘도록 잠 한숨 안 자고 바짝 붙어 소주와 간장을 교대로 발라 주었다. 밥 위에 시금치를 얹어 떠 먹여도 주었다. 영영 오른쪽 다리 절뚝절뚝 살지언정 난생처음 내 어머니 같다 느꼈다. 태어나 십오 년 만의 첫 호강이라 생각했다.

 보름이 지나서야 겨우 자리에서 일어나 걸을 수 있었다. 사실은 열흘이 되었을 때 이미 걸을 수 있다는 걸 알았지만 며칠 더 꾀병 부리며 누워 있었다. 일어나 걷게 되면 더 이상 어머니는 내 곁에 붙어 있지 않을 테니까. 아닌 게 아니라 내가 걷게 되자마자 식당 일하러 쌩하니 나가 버렸다. 야멸친 엄마!

화상 입은 무릎 핑계로 이제 어머니를 마중 나가지 않아도 되겠지, 배웅하러 안 따라가도 되겠지. 그러나 자꾸만 마음이 쓰였다. 하여 아직은 성치도 않은 다리를 일부러 더 절뚝이며 다시 어머니 퇴근 시간 맞춰 버스 정류장으로 나갔다. 버스에서 내린 어머니는 나를 보더니 미간 잔뜩 찌푸리곤 말했다. '집구석에나 있을 것이지.'

　다리가 그 모양인데 이 엄마를 마중하러 나왔냐며 칭찬의 말 한마디 없는 어머니, 전보다도 야속하고 밉고 싫고 원망스러웠다. 나는 묵묵히 고개를 푹 숙이고 어머니 몇 발 앞서 걸었다.

　얼마 후 어머니는 병원으로 실려 갔다. 매번 소다를 먹을 때마다 배탈인 줄 알았는데, 뇌신을 삼킬 때마다 두통인 줄 알았는데, 어머니는 간암 말기였고 앞으로 살아갈 날이 두 달도 남아 있지 않은 시한부였다. 화상 입은 내 오른쪽 무릎에다 몇 날 며칠 밤을 새우며 소주 붓고 간장 바르고 있을 때도 어머니는 간암 말기였다.

　어머니를 반 평 땅에 묻고 난 뒤, 79번 버스 정류장 모퉁이에 홀로 서서 한참 동안이나 나는 서럽게 울었다.

한국산문 당선작

피라칸사스

서로 나 잘났다 아무리 고개 치켜본들

너흰 땡볕에 타들어 갈 교만에 불과한 거라

여름의 땡볕은 겨울의 양지가 된다는 걸

인내, 그래 넌 영악했던 거군.

군중 속 외로움보단 외로운 독고다이가

백번 천번 나을 수도 있지 더러는.

피라칸사스여!

하여 여름에 진 것이냐 겨울에 질 것이냐.

증편

　조상 묘와 가묘까지 우리 집 뒷밭 한복판에 올려 둔 ○씨네는, 늘 그러하듯 또 어머니가 다 만들어 준 음식들로 시제를 지내고선 서울로 갔다. 하긴 엄연히 뒷밭 역시 ○씨네 땅이고 우린 빌려 짓는 밭이다. 같은 이치로 어머니가 만들긴 했어도 돈을 받고 해 준 것이니 음식들 또한 ○씨네 것이다.

　야멸친 인간들, 아무리 그렇기로서니 어찌 떡 한 개 던져 주지도 않고 죄다 싸 간단 말인가. ○씨네 그들은 제수를 장만하는 동안 분명히 우리 식구들이 **빼돌려** 이미 먹어 치웠다 여겼을 것이다. 그러나 어림 반 푼어치도 없는 의심. 명색이 향교 출신인 선비 아버지가 이를 가만두고 볼 리 없었다. 음식을 만드는 어머니조차 간도 보질 못하게 하였으니 말이다.

그러자니 ○씨네 시제가 있던 전날과 당일에는, 우리 오 남매 침만 꼴딱꼴딱 삼키다 아사까지 할 지경이었다. 조상 묘에 가묘까지 있으니 ○씨네 시제는 왜 그리 자주 돌아오던가.

○씨네가 돌아간 며칠 후, 자주 있던 일은 아니었지만 어머니가 떡을 쪘다. 아마도 가난만 꿈틀거리는 자식들 내장에다 쌀 냄새라도 들이밀어 주고 싶었던 거였겠지. 온 사방 옥수수 막걸리 발효되는 냄새가 진동을 한다는 건, 이번에도 증편(기정떡)을 먹게 된다는 신호였다.

○씨네 제상에 올라간 떡은 백설기나 절편이었지만, 논이라곤 없는 정선에서 언감생심 백설기며 절편이라니. 하여 막걸리로 부풀려 부피야 커도 그나마 쌀이 적게 들어가는 증편이 어머니 딴에는 가장 만만했던 것이다. 그래, 밀도가 엉성한 떡일수록 가세가 풍요롭지 않다는 거다.

아무튼 만날 보리밥 옥수수밥 감자밥만 먹던 처지에 그야말로 웬 떡이냐 아니던가. 그 먹고 싶던 ○씨네 백설기와 절편마저 질리도록 아주 배터지게 먹었다. 입에서 막걸리 냄새가 날 정도로 먹었다. 한동안은 떡이라면 자다가도 벌떡, 아니 벌떡 하다가도 도로 잘 만큼.

 증편으로 한바탕 포식을 한 다음 날, 어머니가 읍내로 내다 팔 열무
는 아침부터 마당에 그득했다. 광 깊숙이 그리 아껴 두었던 하얀 쌀을
주전부리 떡쌀로 써 버렸으니 열무라도 어찌 몇 단 더 팔아야 되지 않
았겠나.

 어머니는 열무를 머리에 이고 읍내로 가셨고, 여태 뒤란 장독 위에선
증편 세 조각 풍신이 먹고 있었다. 이따금 까치도 날아와 증편에 박힌
콩만 쏙 빼 물고 갔다. ○씨네는 장손이 콩을 싫어하니 어머니더러 백
설기와 절편에다가 절대 박지 말라던 까만 콩. 그러므로 까치는 결코
서울 ○씨네로야 가지 않았을 것이다.

이유가 뭘까

옆집 언니 얼굴 본 지가 꽤 오래된 듯하다. 코로나19의 창궐로 여기저기서 감염자가 속출하면서부터니까 족히 수개월은 지났다.

옆집 언니는 나이 예순이 갓 넘었고, 남편과는 오래전 사별했으며, 자녀 셋 모두 출가시킨 뒤로 혼자 살아왔다. 작년까지 작은 식당을 하다가 그만두고 잠시 쉬는 중이었다.

어쨌든 언니와 나는 하루에도 몇 번이나 교대로 네 집 내 집을 들락거렸다. 커피를 마실 때도 밥을 먹을 때도 우린 늘 허물없이 함께했다. 그런데 코로나로 인하여 다섯 걸음만 떼면 서로의 집이건만 딱 두절이 된 것이었다.

몇 달 전, 그러니까 언니네 집에 마지막으로 들렀을 때의 일이었다.

마트로 가서 장을 보던 중 언니가 좋아하는 옥수수빵을 발견하였으므로 내 집보다 먼저 언니 집 초인종을 누른 것이었다. 그러나 현관문을 여는 언니의 낯빛은 그다지 좋지 않아 보였다. 늘 환하게 웃던 언니였는데 무슨 일이 있는 거지?

아무튼 언니는 집안인데도 마스크를 끼고선 내가 현관으로 들어서자마자 손 소독제부터 나에게 들이밀었다. 그런 언니의 행동에 심기가 약간 상해 버린 나는 대번 소릴 버럭 질렀다.

"내 손에 뭐 똥이라도 묻었을까 봐 이러는 거야?"

그러자 언니는 일단 손부터 소독하라며 손 소독제를 내 턱밑까지 가져다 댔다. 그리곤 얼굴을 찡그리며 내가 손을 소독하고 나서야 커피 한잔하라며 주방 식탁으로 오라 했다. 갓 내린 원두커피를 마시며 우리 둘은 코로나로 떠들썩한 TV 뉴스로 자연스레 시선이 갔다. 나는 또다시 TV를 향해 볼멘소리를 내뱉었다.

"으이구. 뭘 난리들이래? 운 좋으면 안 걸릴 것이고, 운 나쁘면 걸릴 건데 뭘. 난 오십 평생 살아왔어도 저런 건 한 번 걸려 본 적이 없는데. 유난 떠는 사람들이 더 잘 걸리지. 쯧쯧쯧!"

여느 때와는 사뭇 다르게 장황스러운 내 말에도 언니는 조용했다. 커피 한 잔을 다 마신 후에야 언니는 마치 대단한 결심이라도 한 것 같은 표정을 지으며 말을 했다.

"코로나 끝날 때까지는 우리 가급적 오가지 말도록 했으면 해. 난 오래전 사스며 신종 플루며 메르스 때도 절대 집 밖으로 나가질 않았어. 내가 전염병 이런 데는 좀 많이 예민하거든."

나는 대번 화가 났다. 꼭 내가 무슨 전염병이라도 옮겨 올 사람 같은 기분이 들어서였다. 하여 나는 두말없이 딱 잘라 말하곤 언니네 현관문을 쾅 닫고 내 집으로 와 버렸다.

"흥! 어지간히 별나네. 알았어. 그럼."

집에 와서도 분이 풀리지 않던 나는, 반대편 옆집 할머니 댁으로 갔다. 이 할머니 역시 평소 아주 친하게 지내는 사이다. 할머니 댁으로 들어서자마자 나는 호들갑을 떨며 떠들어댔다.

"1007호 언니 왜 그런대요? 코로나 끝날 때까지는 서로 보지 말자 합디다. 뭐 이런 전염병이 돌 때는 절대 집 밖으로 안 나온다나 어쩐다나. 흥! 어디 두고 보라지. 코로나가 언제 종식될 줄 알고 허구한 날 집 안에만 답답해서 어찌 있을 거냐고요."

그러자 할머니는 허허 웃으시며 내게 말씀하셨다.

"나한테도 같은 말 하더라. 누가 해다 주는 반찬도 겁이 나서 싹 다 버린다더라고. 그래서 나도 알았다고 했다. 그러려니 해라. 자기 몸 유별나게 위하는 사람들 있지 않더냐. 지네 딸들도 절대 못 오게 한다더라."

흠…. 그렇다면 분명히 엊그제 내가 가져다준 그 많은 열무 물김치도 통째 배수구로 버렸을 것이다. 나는 더 화가 치밀어 올랐다. 차라리 애초부터 이렇고 저러니 반찬은 앞으로 가져오지 말라고 하던가. 그래그래, 본인 몸 그리 끔찍이 위하면서 천년만년 어디 한번 잘살아 보시오.

 그리고 약 일주일이 지난 밤이었다. 친구와 밖에서 술 한 잔 알딸딸
하게 마신 나는, 우리 집 문을 열다 말고 냉큼 옆집 언니네 초인종을
눌렀다. 언니는 인터폰에 대고 무슨 일이냐 물었고, 나는 어서 문 열어
보라며 성화를 부렸다. 잠옷 바람으로 문을 연 언니 얼굴은 전과 똑같이
마뜩잖아 보였다. 나는 언니 집 안에 들어서자마자 먼저 선수를 쳤다.
 "아, 알았다고! 손 소독부터 하면 되잖아!"
 언니는 이 야밤에 영문을 모르겠다는 표정으로 멀뚱거렸고, 나는 거
실 바닥에 퍼질러 앉아 하극상처럼 손짓을 까딱하며 언니더러 와 앉
으라 했다. 언니가 앉자마자 나의 속사포는 시작이 되었다.
 "아니, 코로나가 아니라 코로나 할아버지라도 그렇지. 어디 언니만
깨끗하고 나는 코로나 감염자야? 웬 유난이래? 진짜 많이 서운하다.
우리가 어디 하루 이틀 본 사이도 아니고 말이야."
 언니는 내 말을 그저 묵묵히 듣고만 있었다. 몇 분이 지나서야 언니
는 길게 한숨을 내쉬며 말을 하기 시작했다.
 "그래, 네 입장에선 서운했겠지. 하지만 또 내 입장에선 그럴 수밖에
없었다. 나는 딸만 셋을 내리 낳고 아들을 낳았었지. 귀한 아들 손자를
이제야 낳았다고 시어머니는 돼지를 잡아 동네잔치까지 하셨어. 그런
데 그 아이는 네 살이 되던 해 콜레라에 감염되어 그만 죽어 버렸지.

시골에 살 때니까 차가 있길 했나 어디. 구토와 설사를 해 대는 아이를 업고 정신없이 병원으로 뛰어가는데 그때의 내 심정은 아무도 몰라. 생살을 칼로 도려내서라도, 몸속 피를 전부 **빼**내서라도 내 자식을 살릴 수만 있다면 했지. 그런데 하늘도 무심하게 아이는 그만… 그 아이를 잃어버린 것이 나는 평생 한이란다. 그게 트라우마가 되어서 전염병이란 말만 들어도 여태껏 소름 끼치고 심장이 벌렁거리지. 그러니까 서운해하지 말고 코로나 종식될 때까지만 나를 좀 이해해 줘."

언니의 말을 들은 나는 저절로 고개가 숙여졌다. 이렇게 가슴 아픈 사연이 있는 언니더러 별나다는 둥 유난스럽다는 둥 했으니. 게다가 운 좋으면 안 걸릴 것이고, 운 나쁘면 걸릴 거란 말도 거침없이 지껄여 댔으니. 아, 언니는 이런 내 말들에 얼마나 또 상처가 되었을까. 술이 확 깬 나는 언니에게 사과했다.

"언니, 정말 미안해. 그런 아픈 일이 있었던 줄도 모르고… 그래, 코로나 종식될 때까지는 언니 말 듣고 조심할게. 하고 싶은 말 있으면 문자나 전화로 하면 되니까. 빨리 코로나가 끝났으면 좋겠다. 아무튼 집 안에만 있더라도 밥 잘 챙겨 먹고 신나는 음악도 들어가며 너무 우울하게 있지 마, 언니. 알았지?"

이런 내게 언니는 따뜻한 웃음을 지어 주었다.

꽃을 워낙에 좋아하는 옆집 언니. 봄이 가고 여름이 가고 가을도 온지 오래건만, 아마 언니네 집엔 몇 개월째 꽃 한 송이 화병에 꽂혀 있지 않을 것이다. 내일은 꼭 빨간 장미 몇 송이 사다 언니네 집 앞에 놓아주어야겠다. 그리곤 문자를 할 것이다.

'이 꽃 보고 힘내!'

투모로우 전국공모 대상작

달려라, 미자야!

가을운동회가 열리던 날이었다.

나는 오래달리기 반 대표로 출전했다.

고향에 살 적 산길을 그토록 뛰어다녔으니

당연히 1등은 내가 차지했다.

오래달리기가 끝나자마자 시작된 점심시간,

너나없이 엄마 아빠가 왔고, 빠짐없이 도시락을 열었다.

개중에는 유부초밥도 있었다.

유부초밥 역시 부산 와서 처음 보는 음식이었다.

나에겐 아무도 오지 않았다.

나에겐 김밥도 유부초밥도 없었다.

배가 고팠다.

운동장 몇 바퀴, 오래달리기까지 했으니 아주 많이 고팠다.

멀뚱히 앉아 있는 내 왼쪽 이마에서 흘러내리는 고름,

벌써 언제부턴가 곪아 왔던 커다란 종기가

오래달리기 일등으로 들어오던 찰나 그만 터져 버린 것이다.

이마를 둘렀던 청군 띠로 꽉 눌러 막아 보았으나

고름은 쉴 새 없이 흘러내리고만 있었다.

바로 그때,

정희 엄마가 한껏 인상을 쓰더니 나를 보며 말했다.

'밥 먹는데 비위 상하잖아. 저리로 가라!'

흘러내린 고름을 감싸 쥔 채 학교 운동장 뒤편으로 갔다.

팔뚝에 찍힌 1등 도장 위로 눈물까지 흘러내렸다.

점심시간이 끝난 오후,

운동회의 피날레를 장식하는 계주에서도 나는 1등을 했다.

아무도 몰랐을 것이다.

내가 얼마나 허기진 채로 달렸는지.

북엇국 한 그릇

늦가을 남은 은행잎마저 모두 떨어지고 있었다. 언니 시신을 실은 버스 안은 조용했고, 아니 숨소리마저 그 누구도 내지 않았다. 오로지 퇴색한 은행잎들만 대낮 귀신같이 떨어지다 차창에 부딪혀 나뒹굴고 있을 뿐이었다.

몇 해 전 밤, 다급한 조카의 전화를 받고 나는 곧장 부산에서 청주로 올라갔다. 언니는 열한 평 영세민 아파트 한 복판에 오도카니 앉아 있었다. 그새 살이 더 빠진 건지 몸무게라 봐야 40킬로그램도 채 안 나가는 듯 보였다. 내가 들어가자 언니는 고개를 들어 나를 빤히 보았다. 그러나 눈동자에서는 그 어떤 생기도 보이지 않았다.

"언니, 무슨 일이야? 이 꼴이 뭐냐고?"

그러나 언니는 아무런 반응을 보이지 않았다. 예전 같으면 우리 예쁜 동생 왔냐고 맨발로 뛰쳐나와 대번 나를 끌어안았을 언니였다. 조카의 말로는 벌써 며칠이나 그리 있었노라 했다. 꼼짝도 하지 않고 그렇게 앉아만 있었노라 했다. 하여 열아홉 조카는 혼자 감당하기 너무 두려워 이모에게 전화를 했노라 했다.

형부가 죽은 지 2년이 흘렀고 그동안 언니는 칼국수 식당 설거지를 다녔다. 악착같이 그래도 살고 있을 거라 여겼다. 불면증에 시달린다고 하더니, 잠 한숨 제대로 자 본 적이 없었다더니, 우울증이려니 했는데, 그저 약간의 우울증이려니 했는데, 언니에게 지금 무슨 일이 일어나고 있는 건가.

무려 일주일이나 언니와 나는 눈을 뜨고 있었다. 단 5분도 언니가 잠이 들지 않았으므로 나 역시 따라 꼬박 밤을 새우고 있었던 것이다. 그리고 7일째 되던 밤, 언니는 창밖으로 몸을 날렸다. '안 돼!'

목숨 끊긴 언니를 실어 간 청주 병원에서는 언니의 장례식을 치를 수 없었다. 쉽게 말해 남은 방이 없어서였다. 하는 수 없이 또 급히 연락받고 온 큰오빠와 상의 끝에 언니의 시신을 김천 제일병원장례식장으로 옮기게 된 것이었다.

싸늘한 언니의 영정만 덩그러니 놓여 있을 뿐, 문상을 오는 이들은 거의 없었다. 병이거나 하다못해 교통사고로 죽은 것도 아닌 처참한 자살, 큰오빠는 친인척이며 지인들이며 절대 언니의 죽음을 전하지 않았다. 새벽이 되어서야 언니 시댁 식구들이나 속속 도착하고 있었다. 당신 아들에 이어 세상 최고의 효부라던 며느리까지 잃은 언니의 시어머니는 들어서자마자 서럽게 통곡했다.

아무튼 나는 정신이 반이나 나간 상태였지만, 언니 시어머니며 언니 동서며 번갈아 자초지종을 물어대는 통에 너무나 힘겨웠다. 하여 그만 밖으로 나와 버렸다. 아예 장례식장 마당을 벗어나 인도까지 나왔다.

터덜터덜 걸었다. 허연 소복 위에 시커먼 파카를 입은 채 그냥 걸었다. 그러다 어느 식당 앞에 멈춰 섰다. 이상했다. 음식 냄새를 맡으니 갑자기 배가 고파졌다. 그렇다고 이 꼴로 저 식당에 들어갈 수야 없는 일이었다. 어떤 식당 주인이, 그리고 또 손님이 상복 입은 사람을 반기 겠나. 하여 나는 물끄러미 식당을 바라보고만 서 있었다. 그런데 그때, 나이 지긋한 할머니가 식당 문을 열고 내게로 다가오셨다.

"가게 안에 아무도 없으니까 어서 들어갑시더."

그러더니 내 팔을 잡고선 작고 허름한 식당 안으로 거의 끌어다 넣어 앉혔다. 이내 따뜻한 물 한 잔을 들고 오더니 내 앞에 앉으셨다. 남보다 더 하면 더 했지 결코 덜하지는 않았을 고생의 주름들이 얼굴 깊게 패 있었다.

"누가 돌아가셨는지 또 사연이 어찌 되는지 내가 시시콜콜 물어보면 뭐 하누. 사람 죽고 사는 거 다 거기서 거기고 말하자면 눈물뿐인데. 그래도 뭘 먹어야 험한 일 겪어 내지. 잠시만 있어 보소."

그렇게 말하곤 주방으로 도로 들어가셨다. 이윽고 북엇국 한 사발을 내어 오셨다. 멍하니 앉아만 있는 내 앞에서 할머니는 밥 반 공기를 냉큼 북엇국에 말아 내게 들이미셨다.

"어여 먹어 보소. 안 넘어가도 몇 숟갈 밀어 넣어 봐. 돈 받는 거 아니니까 아무 걱정 말고."

마지못한 듯 나는 할머니가 말아 주신 북엇국을 먹기 시작했다. 먹다 보니 게 눈 감추듯 순식간에 다 먹어 버렸다. 내가 밥 말은 북엇국을 다 먹기까지 할머니는 조용히 식당 밖만 응시하고 계셨다. 숟가락을 놓자마자 포만감과 죄책감이 동시에 밀려들었다. 하나뿐인 내 언니가 저리 죽었는데도 나는 이렇게 밥을 퍼먹었구나. 그러자 마치 내 속을 들여다본 듯 할머니가 말씀하셨다.

"기운 내소. 아직 한창 젊은 나인데 살아갈 날이 짱짱하잖소. 세월 지나면 다 나아집디다. 산 사람은 우야든동 다 살아집디다."

또다시 눈물이 왈칵 쏟아졌다. 밥알 몇 개만 남아 있는 북엇국 사발로 마구 쏟아져 내렸다. 그런데 또 이상했다. 느닷없이 세수를 하고 싶었던 것이다.

하긴 일주일이 훌쩍 넘도록 세수 한 번 하질 않았으니. 배가 부르면 용기도 나는 것인가. 나는 할머니께 말했다.

"저, 죄송한데요. 혹시 세수 좀 할 수 있을까요?"

이런 내 말에 할머니는 그게 무슨 큰 부탁인 양 나를 일으켜 주방으로 데려갔다.

"여긴 따로 씻는 곳이 없는데 싱크대에서 어찌 씻어 보소. 내가 수건 갖고 올 테니까, 응?"

수건 가져온다던 할머니는 칫솔에다 치약까지 짜 오셨다. 이리하여 나는 식당 싱크대에서 세수도 했고 양치까지 했다. 게다가 할머니가 건네주신 샘플 로션으로 얼굴까지 발랐다. 로션을 바르면서 다시 눈물이 쏟아지려 했지만 식당을 나설 때까진 무조건 참아 보기로 했다.

"정말 감사합니다. 잊지 않을게요."

식당을 나서며 인사를 드리자 할머니는 웃는 얼굴로 대답하셨다.

"날이 마이 추워졌구마. 파카 단디 채우고 들어가소. 그라고 다음에 김천 올 일 있으믄 함 다시 오고."

형부 잠들어 있는 김해 신어산 추모관으로 가기 위해 염한 언니 실은 버스는 다시 출발했다. 내가 북엇국을 먹고 세수와 양치를 하던 식당이 저만치 멀어져 갔다.

상호도 기억나지 않는 그 가게, 얼굴도 잊힌 식당 주인 할머니. 그러나 단 하나는 또렷이 내 가슴속에 남아있다. 아픔을 달래주던 손길과 슬픔을 일으켜 주던 할머니의 얼굴. 내 생에 두 번은 없을 슬픔과 아픔

속에서도 할머니의 친절과 위로는 세상 가장 따뜻했다.

　할머니, 몇 해의 가을이 지나고서야 겨우 언니 잠든 추모관을 눈물 없이도 다녀올 수 있게 되었습니다. 그러니 이제는 김천에도 갈 수 있을 거 같아요. 폭신한 새 수건 몇 장, 향기 좋은 로션 한 병 사 들고 꼭 한 번 찾아뵙겠습니다.

11월의 哀歌

꼭 쥐고 있던

너의 얼굴을

이젠 툭

내려놓을까 한다

미안하구나

그리움 조금만

더-붉도록

延引*하게 못 하여

너를 내려놓고

나도 가야지

서릿바람 서리서리

차가워만 오는데

---

* 延引(연인): 길게 잡아 늘임

겨울

달빛이 없어도 눈 내려 훤할 테니

나도 그대도 길은 잃지 않을 겁니다

이른 낙치

　언젠가부터 흔들리던 어금니, 치과 가기가 죽을 만큼 무서워 흔들리면 흔들리는 대로 그냥 내버려 두었던 어금니, 그런 어금니가 툭 소리도 없이 피 한 방울 내지 않고 빠졌다. 흔들리기 전까지 이 어금니로 나는, 얼마나 많은 고기와 오징어와 껌을 질겅질겅 씹었을까. 또 얼마나 숱하게 보기 밉고 싫은 인간들을 질근질근 씹었을까. 마치 수렴청정하는 대비마마처럼 가장 안쪽 깊은 방에 단단히 틀어박혀 온갖 간섭은 다 하더니, 어쩜 이리 낙치(落齒)가 같잖고도 쉽더란 말이냐. 난 아직 늙지도 않았는데.

　어금니 뿌리 빠진 자리에는 구멍이 뻥 뚫렸다. 반대편에서 씹은 음식물이 움푹 파인 구멍에 자꾸만 들어가 낀다. 임플란트를 하기 전까지는 아마도 뭔가를 먹을 때마다 구멍에 낀 찌꺼기를 이쑤시개로 맹렬히 파내야겠지. 또한 맞물릴 수 없이 위쪽 어금니만 덩그러니 남은 왼편 안쪽으로는 아무것도 씹을 도리가 없겠지. 짝 잃은 비익조(比翼鳥)처럼 왼편 안쪽이 고요해질 것이다. 47년 누렇게 변색되며 내 입 안에서 씹고 뜯은 임무를 다하고 자빠져 버린 어금니의 영정 사진 한 컷 찍어 둔다.

가끔 언니 집에 갈 때마다 언니는 앞니로 밥을 먹었다. 경망한 토끼 풀 씹듯 하는 모습을 보고 있노라면 여간 짜증스러운 일이 아니었다.

"언니는 왜 밥을 그렇게 먹어? 할머니도 아닌데 우물우물 그게 뭐야?"

인상을 찌푸리며 짜증을 부리고 있는 내게, 언니는 그저 싱긋 웃기만 할 뿐 아무 대꾸하지 않았다. 나는 돌멩이도 씹어 먹을 튼튼한 어금니로 언니 앞에서 쩝쩝 딱딱 요란스럽게 밥을 먹었다.

어느 날 언니에게 전화를 했다.

"언니, 나 돈 백만 원만 보내 줘."

언니는 잔뜩 풀이 죽은 목소리로 알았다고 했다. 한 시간도 되지 않아 언니는 내게 백만 원을 부쳤다. 나는 그저 문자로만 고맙다는 말을 진심도 없이 했다. 전에 언니가 월세방을 구할 때 내 돈 백만 원을 보태 준 일이 있었기에 뭐 당연히 돌려받는 거라 여겼으니까.

형부가 자살한 뒤 언니는 2년이 넘도록 잠을 통 이루지 못했다. 위장약이며 두통약이며 수면제며 항상 밥보다 약을 더 먹었다. 그래도 달랑 하나 있는 아들만큼은 누구보다 잘 키워 볼 거라고 시뻘겋게 충

혈된 눈으로 칼국숫집 주방에 일을 하러 다녔다. 언니는 공장에서 미싱을 돌려 번 돈으로 학비다 용돈이다 내 뒷바라지를 도맡아 해야 했고, 결혼을 해서 역시 무능하고 게으른 남편 대신 식당 일에 파출부 일로 돈을 벌어야 했다. 언니 키 겨우 149센티미터, 체중도 잘 나가 봐야 42킬로그램이었다.

"이모, 엄마가 이상해요."

조카의 전화였다. 덜덜 떨리는 손으로 운전을 하여 언니 집으로 달려갔다.

언니가 죽었다. 내가 뻔히 보는 앞에서 창문으로 몸을 날렸다. 언니의 얼굴과 언니의 손과 언니의 가슴을 마구 만져 보았지만 이미 온기는 남아 있지 않았다. 그리도 가을 은행잎이 푹신하게 깔려 있었건만 창문에서 투신한 언니의 목숨을 살려 주지 않았다. 추모관에 언니를 안치하던 날, 아빠에 이어 엄마까지 졸지 잃은 조카는 아기 꿩들이 엄마 꿩 뒤를 따라가는 모습을 그저 하염없이 바라보고 있었다.

언니의 소지품을 찾아가라는 칼국숫집 주인아주머니의 연락을 받고 갔다. 낡은 슬리퍼와 껴입던 허름한 조끼, 그리고 「나는 엄마다」라는 책 한 권이 전부였다. 눈물 툭툭거리며 주섬주섬 언니의 소지품을 챙겨 나서려고 하자 칼국숫집 주인이 나를 불러 세웠다.

"잠시 앉아 봐요. 나도 마음이 너무 슬퍼서…. 동생 이야기 많이 들었어요. 세상에서 최고로 착하고 예쁜 동생이라며 언니가 얼마나 자랑을 하던지. 어금니가 빠져가지고 통 음식을 못 씹으니까 이 해 넣을 거라면서…. 그러니까 한 몇 달 모았지 아마? 그 흔한 싸구려 화장품 한 개도 사서 쓰지 않고 말이지."

그랬구나. 천지에 하나뿐인 내 언니의 어금니가 빠져 버렸었구나. 어금니가 없어서 그렇게 밥을 앞니로 먹었던 거구나. 내게 부친 백만 원, 그게 바로 언니가 이를 해 넣으려고 애면글면 모았던 돈이었구나.

칼국숫집을 나서 걷는 길, 언니의 소지품 든 종이 가방 안에서 자꾸만 언니 울음소리가 나는 듯했다. 이렇게 나쁘고 못돼 처먹은 동생도 동생이라고. 가로수 나무에다가 사정없이 머리통을 찍어 버렸다.

언제까지나 단단한 모습으로 내게 바짝 붙어있을 줄만 알았던 언니, 언니가 뽑힌 자리에 깊은 구멍이 생겼다. 툭하면 구멍에 슬픔이 끼었다. 어디에 가서도 어떤 돈을 들여서도 언니를 새로 박아 넣을 수 없었다.

한참을 허망하게 바라보다가 그나마 잇몸에 붙어있을 때는 흔들릴지언정 뽑힐 것을 염려한 미련이라도 두었지만, 이제야 한낱 먹다 버린 삼겹살의 오돌뼈만도 못한 의미 잃은 이 하찮은 물체, 에라 어금니를 쓰레기통에 버린다. 그러나 아무리 그렇더라도 내 어금니를 쓰레기통에 장사지낼 수는 없는 거다 싶어 도로 냉큼 주워 옥상으로 올라간다. 이제 어쩌자는 거지? 쓰레기통보다 나은 옥상에서 치를 수 있는 장례식이 과연? 설마 나는 언니가 택했던 자살법을 한 번쯤 그대로 따

라 하고 싶은 은밀한 동경이 있었나? 안 된다. 이미 자연사한 이것을
또다시 부관참시하듯 잔인하게 투척시킬 수는 없다. 옥상 화단에 흙
을 파고 평평하게 어금니를 묻어 준다. 해괴한 짓거리인 줄 뻔히 알지
만 혹여 어금니에도 영혼이 있다면, 때로 흔들리며 지나는 바람이나
마 한 되지 않게 여기서 더 씹고 가기를.

　슬픔과 책임의 가중만 더해 일부러 발치하고자 몇 년이나 외면했던
조카, 샤먼(Shaman)의 벌인 양 언니한테서 빠졌던 어금니가 나도 빠
지고서야 저 가여운 녀석이 물컹한 잇몸으로 씹힌다. 잃은 뒤에야 돌
아보아지는 것들, 비로소 숙연해지는 남아 있는 것에 대한 고마움, 지
금부터라도 나머지 치아들을 애지중지 관리해야겠다. 나머지 하나 없
이 세상에 홀로 남겨졌던 조카를 이제부터라도 기꺼이 돌봐야겠다.
아무리 조카보다야 천 배는 덜했을 언니 잃은 내 슬픔 따위 그만 깨끗
이 양치(養齒)하고.

전국여성문학공모전 당선작

----------------- **달맞이꽃 블루스**

나지막이 너 하나 찍어

휘영휘영 시 몇 줄 쓰다

마저 다 쓰지 못하거든

달빛 뜨락 어린 밤에나

또랑또랑 감칠 해 보련다

몽당 크레파스

나는 전국 어린이글짓기대회에서 당당히 대상을 차지했다.

응당 가문의 영광으로 길이 보존되어야 할 대통령상이었다.

당시 상장 외 부상은 대체 어떤 것이었는지 이건 기억에 없다.

다만,

'쌀이라도 몇 말 내려 주든가, 만고 쓸데없는 종이 쪼가리가 뭐여?'

상장을 보며 퉁퉁거리던 엄마 얼굴만이 야속하게 또렷할 뿐.

열한 살 고작 내게 왜 쌀을 바랐던가

쌀밥은 어머니 아버지가 먹여 줘야지

먼 부산 봉제 공장(반여동 대우실업)으로 팔려 간 울 언니가

스케치북과 크레파스를 보내왔다.

뛸 듯이 기뻤다.

우리 언니야 고향의 달빛을 쪽가위로 뜯고 있든 말든

기숙사에서 올 나간 판타롱 스타킹을 또 빨고 있든 말든.

빨리 미술 시간이 와야 할 텐데.

어서 나를 놀리던 아이들 코를 납작하게 해 주고 싶은데.

정선읍 조양강 근처에서 교내 미술 대회가 열렸다.

이제 기죽지 않아도 되었다.

내게도 당당히 새 스케치북과 크레파스는 있었으므로.

미술 대회 그림 주제 자유.

꽃을 그렸다.

색색 마음껏 칠해 가며 가을 들꽃을 그렸다.

스케치북 한 장이 모자랄 정도로 욕심껏 가을 들꽃을 그렸다.

모든 선생님이 함께 심사한 결과가 발표되었다.

일등 했다.

전 학년 통틀어 내가 일등 했다.

교장 선생님으로부터 일등 상장을 받아 든 나는,

하얀 국화꽃 40점밖에 주지 않던 담임한테 따지고 싶었다.

'국화꽃은 어디 노란 것밖에 없던가요?

하얀색 국화꽃이 얼마나 많은데요.'

어쩌면 돌아가셨겠지. 하얀 국화꽃에 둘러싸여.

하얀 국화꽃 40점 준 열한 살 가난한 아이일랑 까마득 잊은 채.

1. 열여덟, 남자를 만나다

슬리퍼 신은 남자와 군복 입은 남자가 주먹을 쥐고

마치 혈투라도 벌일 듯 팽팽하게 맞섰다.

그러나 금세 끝났다. 군복 승! 슬리퍼 패!

1987년 울산 북구 양정의 모 중국집,

열여덟 나는 당시 그 중국집 주방에서 설거지 일을 했다.

일당 5천 원을 받았던가 6천 원을 받았던가.

기거하던 곳은 염포라는 아주 후미진 동네였는데

선 월세 만 오천 원짜리 창고 같은 방 한 칸.

내 방 옆으론 주인집에서 키우는 소가 있었다.

변소 갈 때마다 그 소와 마주쳐야 했었는데

얼마나 간이 콩알만 해졌는지 모른다.

분명히 그 소는, 고향 집 우리 소돌이와 달랐으므로.

해도 해도 끝이 없는 설거지.

먹다 남긴 짜장면 그릇엔 영락없이 담배꽁초가 박혀 있었고

짬뽕 그릇 볶음밥 그릇에도 역시 온갖 오물이 들어가 있었다.

주방장 주인아저씨는 늘 담배를 입에 문 채 웍질을 했고

홀 담당 주인아주머니는 카랑카랑 음성도 성격도 불같았다.

조금만 설거지가 더뎌도 빨리하라며 재촉하곤 했다.

그러던 어느 날이었다.

웬 남자가 혼자 와선 소주와 짬뽕을 시켰다.

한가한 오후 시간, 마침 주인아주머니가 시장에 갔을 때라

설거지를 멈추고 내가 대신 서빙을 했다.

트레이닝복에 슬리퍼 차림이긴 했지만 꽤 훈남이었다.

그날부터였다.

남자는 매일 와서 매번 소주와 짬뽕을 시켜 먹었다.

하여 자연스레 나와도 몇 마디 주고받는 사이가 되었다.

나이는 스물셋, 현재는 일자리를 알아보는 중이라 했다.

서서히 느낌으로도 알 수 있었다.

이 남자가 나를 좋아하고 있다는 걸.

다시 어떤 날이었다.

웬일로 그 남자가 처음 보는 다른 남자와 함께 왔다.

군복을 입었는데 대화하는 걸 살짝 엿들어 보니

동창인 그는 예비군 동원 훈련을 마치고 오는 길인 것 같았다.

덩치도 무척 좋았고 목소리도 시원시원 사나이답게 보였다.

아무튼 이날부터 거의 매일 둘이서 중국집으로 왔다.

그리고 얼마 후 중국집 휴무일,

둘은 야산에서 비장한 표정으로 마주 보며 선 것이다.

"고마 니가 포기해라!"

"웃기지 마라. 니나 포기해라!"

이게 무슨 신파니 삼류니 유치 짬뽕 같은 장면이란 말인가.

어차피 게임도 안 될 거,

슬리퍼 남자가 몇 번 같은 말만 반복하더니 주먹을 폈다.

알고 보니 군복 남자는 그 유명한 울산의 목공파 조직폭력배.

이름은 정○○.

그 무섭던 외양간 달린 방에서 드디어 탈출했다.

뒤도 돌아보지 않고 정○○을 따라갔다.

도착한 곳은 그가 사는 집이었다.

홍합 파전 파는 판잣집 다다닥 붙어 있는 관광지.

다 쓰러질 듯한 방 두 칸 중 안방이란 데는

그의 늙은 할머니와 아픈 어머니가 있었다.

다음 날 아침, 내가 제일 먼저 한 일은 홍합 손질이었다.

커다란 마대 두 자루, 시멘트 맨바닥에 앉아서 나는,

난생처음으로 홍합 수염을 잡아떼어 내야 했다.

그런 후엔 있는 대로 힘을 주어 홍합 껍데기마다 붙은

모든 이물질을 제거해야 했다.

대번 손바닥 살이 시뻘겋게 까졌다.

홍합 손질이 끝나자마자 그의 어머니가 나를 불렀다.

"아침밥 차려야지. 할머니 시장하시다 아이가!"

2. 낯선 그들 속 나는 이방인

낯선 곳, 낯선 집, 낯선 사람들.

아무것도 모르는 내게

그의 할머니와 어머니는 계속 일을 시켰다.

밥 차려라, 빨래해라, 청소해라,

거기다 장사까지 해야 한다며.

가게라고 할 수조차 없는 허름한 문 앞에서

놀러 온 사람들을 불러들여야 한다며.

파전 있어요. 홍합 있어요. 동동주도 있어요.

차마 떨어지지 않는 입, 죽기 살기로 열어

나는 히파리(호객 행위)를 했다.

그의 할머니와 어머니는,

내 나이가 정확히 몇인지

집은 어디며 부모님은 계신지

이상할 만큼 단 하나도 묻지 않았다.

과연 일일이 캐묻지 않는 게 나를 위한 배려였을까.

어쩌면,

'너는 우리 손자, 우리 아들 처가 될 애가 아니야.'

해서 나에 대한 것들 따위 전혀 알 필요 없었던 걸까.

남들 보기 그러니 동네 사람들에겐

앞으로 며느리 될 아이라 둘러대 놓고.

몸이 녹초가 되어 갔다.

다리가 퉁퉁 부을 정도로 하루 종일 일했다.

그나마 잠도 편히 잘 수 없었다.

새벽 5시도 전,

할머니는 이미 일어나 나를 깨우려 일부러

방 앞에서 온갖 소란을 일으켰다.

어머니 역시 새벽부터 절에 기도드리러 간다며

방 앞으로 왔다 갔다 별 부산을 다 떨었다.

일어나야 했다.

어서 일어나 할머니와 어머니 앞으로

나를 대령시켜야 했다.

그나마 그는 내게 잘해 주었다.

적어도 그 남자 때문에 버틸 수 있었다.

물론 거의 밖으로 나돌았으므로

같이 있는 시간은 얼마 되지 않았다.

그 외엔 오직 할머니와 어머니의 명령에 따라

일만 하는… 그래, 단지 식모.

서울 산다는 그의 누나가 한 번씩 오면,

나는 더욱더 이방인 같았다.

그들 네 식구 모인 안방으론 나를 부르지도 않았다.

흘러나오는 웃음소리,

'엄마! 저 내려다보고 계신가요?'

혼자 몰래 울음 삼키며 달빛 아래 서 있었다.

내일 아침엔 또….

누나가 올 때마다 마치 상전이라도 납신 듯

온 가족 저리들 난리건만.

딸 구두를 닦으라 할까, 손녀 옷을 다리라 할까.

그러던 겨울 어느 저녁,

가게 문을 닫고 홀로 뒷정리를 하는데

그날따라 유난히 추웠다.

하지만 마땅히 껴입을 옷이 없었다.

그 집에서의 첫 겨울, 두툼한 내 겨울옷일랑 없었다.

하는 수 없이 그의 파카를 입은 채 설거지하고 있었다.

잠시 후, 그런 나를 보더니 할머니가 고래고래 소릴 질렀다.

"그걸 니가 와 입고 있노?

우리 손자 옷에 뭘 묻힐라꼬. 으이? 당장 안 벗나?"

눈물이 뚝뚝 떨어졌다.

설거지하던 맨손 그대로 선 채.

그런데 하필 그때 그가 들어왔다.

아마 할머니 고함소릴 다 들은 모양이었다.

금세 집은 발칵 뒤집어졌다.

어머니가 아무리 말려도 한사코

그는 짐을 마구 챙기더니 날 잡아끌었다.

할머니는 주저앉아 대성통곡을 하고

어머니도 숨이 넘어갈 듯 악악거렸다.

"니가 저 가스나 하나 때문에 집을 나간다꼬?"

그러거나 말거나 그는 내 손을 잡고 나왔다.

제발 이러지 말라고, 다시 들어가자고,

아무리 애원해도 소용없었다.

이윽고 택시를 세우더니 날 먼저 밀어 넣었다.

또 나는 어디로 가나.

3. 또 그 집으로

택시에서 내린 곳은 웬 룸살롱 앞이었다.

그는 나더러 여기 잠시 기다리라 했다.

한 20분 흘렀을까 그가 나왔다.

그리곤 다시 택시를 잡아타고 갔다.

룸살롱에서 구해 온 돈으로

보증금 20만 원의 월세방 하나를 급히 얻었다.

중고 TV와 중고 냉장고, 중고 찬장, 중고 곤로를 샀고,

밥그릇 국그릇 이불 같은 건 새것으로 샀다.

쌀 한 포대와 연탄까지 오십 장 들여놓았다.

도대체 무슨 일을 하는지 알 수 없었으나

그는 사나흘마다 한 번꼴로 내게 돈을 주었다.

하지만 친구며 후배며 밤낮으로 오는 통에

술상 봐서 바치느라 남아나지 않았다.

그런들 나는 좋았다.

그 집에서처럼 죽어라 일하지 않아도 되었으니.

약 두 달 정도나 흘렀을까.

갑자기 그가 방을 빼자 했다.

이유는 어머니가 병원에 입원해야 한단다.

오래 앓아 온 기관지 천식과 합병증으로.

이리하여 다시 그 집으로 들어갔다.

어머니는 이미 입원해 있었고

할머니는 웬일인지 나를 부드럽게 대했다.

그리고 다음 날 병원에서 급한 연락이 왔다.

환자 상태가 안 좋아졌으니 빨리 오란 거였다.

이내 가락병원에 입원해 있던 어머니는

동강병원 중환자실로 옮겨졌다.

당신은 내 엄마도 아닌데

꼬박 한 달 하고도 보름,

나는 그의 어머니 대소변을 내 손으로 받았다.

서울 누나도 그간 단 두 번만 다녀갔을 뿐,

그 역시 어쩌다 얼굴만 디밀고 사라졌을 뿐,

중환자실 어머니 수발은 모두 내 차지였다.

내 진짜 어머니도 병원에 두 달 동안 계셨었는데,

대소변은커녕 밥 한술 떠먹여 드리지 않았었는데.

서럽고 억울한 가슴 울컥울컥했으나

난 그의 어머니에게 성심을 다했다. 최선을 다했다.

다른 환자들과 보호자들이 혀를 내두를 정도로.

두 달 지나 어머니는 퇴원했다.

그러자 또다시 예전과 같은 날이 반복되었다.

달라진 게 있다면 가게를 세놓았다는 것.

하여 장사까진 더 안 해도 되었다는 것.

대신 어머니가 삼키는 밥이며 반찬이며

하다못해 물 한 컵까지도

환자식으로 맞춰 정시에 대령시켜야 했다.

할머니는 당신 딸 몸 위한다며

별의별 것들을 구해 와 내게 던져 주었다.

죽 끓여라, 약 달여라….

어떤 날은 섬뜩한 염소 골까지 가져왔다.

그즈음,

점점 그가 들어오지 않았다.

겨우 일주일에 한 번 집으로 올까 말까 했다.

개 짖는 소리가 들릴 때마다 뛰어나갔지만

그의 모습은 보이지 않았다.

처덕처덕 저 바닷가 자갈처럼 오도카니 앉아

울었다 하염없이!

4. 소리치고 싶었다

할머니는 새벽마다 교회로

어머니는 새벽마다 절로 갔다.

가끔 저들의 기도 내용이 궁금했다.

과연 그 간절한 기도 속에

나란 사람, 단 한 번이라도 들어는 갈까.

가엾다고 측은하다고 착하다고 잘한다고

그러니 저 아이 또한 살펴달란 그런 기도.

갈수록 할머니와 어머니의 다툼이 잦아졌다.

같은 방에서 할머니는 성경책을 읽고

또 어머니는 반야심경을 읊어댔으므로

마찰이 아니 일어날 수 없었다.

끝내 할머니는 따로 나가 살겠다 성화였다.

아주 여러 날, 이 문제를 두고 옥신각신 했다.

그러다 결국 할머니의 고집을 꺾지 못해

버스 세 정거장 정도 떨어진 곳에다

방 하나를 어머니가 할머니께 구해 드렸다.

할머니가 방을 얻어 나가자

내가 해야 할 일은 두 배로 많아졌다.

매일 반찬을 바리바리 싸 들고 버스를 쿵쿵 타고

할머니 계신 곳에 다녀와야 했다.

그는 여전히 얼굴조차 보기 힘들었으며

어머니는 점점 이상한 물건을 들여왔다.

촛대와 향로와 부처상과 옥수 그릇 같은 것들.

어디로든 떠나고 싶었지만

나는 갈 곳이 없었다. 돈 한 푼 없었다.

생리대 살 돈마저 죄지은 사람처럼

어머니에게 굽신굽신 받아 써야 했었다.

어쩌다 온 그는 이제 내게 돈도 주지 않았다.

그래도 참기로 했다.

'조금만 기다려. 곧 결혼식도 올리자.'

그의 말을 하나님 부처님 말씀처럼 믿었으니까.

그날은,

사골 곰국을 냄비째 할머니께 가져가야 했다.

한 손은 무거운 사골 곰국 냄비를 들고,

다른 한 손으론 반찬 담은 보퉁이를 들고,

30분이나 기다려 버스에 올랐다.

그런데 자꾸만 속이 메스꺼웠다.

결국 버스에서 내리자마자 게워냈다.

임신이었다. 이 일을 어쩌지?

누구에게 말도 하지 못하고 며칠이 흘렀다.

아침밥을 지어 어머니 방문을 열자

지독한 향냄새가 훅 콧속으로 들어왔다.

웩웩거리는 나를 보며 어머니는

손주 보게 생겼다고 덩실덩실 좋아했다.

아, 그런 거구나.

손주를 안겨 드리면 드디어 내가

제대로 인정받는 며느리도 되는 거구나.

산부인과에 다녀온 후

이리저리 전화를 걸어 그와 연락이 되었다.

'나, 임신이래.'

그는 몇 시간 후 집으로 왔다.

잔뜩 취한 상태였다.

오자마자 어머니가 방구석에다 차려 놓은

흡사 무당집 법당 비슷한 흉물을 보곤

대번 발길질로 모조리 엎어 버렸다.

어머니 편에서 그를 말릴 수밖에 없었다.

그는 욕을 해 대며 내 복부까지 발로 찼다.

나는 퍽 고꾸라졌다.

임신 4주, 그렇게 유산이 되고 말았다.

어머니는 나더러 칠칠맞아 귀한 장손을 흘렸다며

노발대발 성질을 부려 댔다.

'난 어머니 아들한테 맞아서 유산된 거라고요!'

이번만은 정말 달려들어 싸우고 싶은 걸 참았다.

'어머니를 중환자실에서 살려낸 사람이 저라고요!'

이번 참에 이런 말까지 소리치고 싶은 걸 참았다.

세놓은 가게는 통 나가지 않았다.

보러 오는 사람조차 없었다.

그러자 어머니가 다시 가게를 해야겠다 말했다.

징글징글한 홍합 파전 동동주 장사,

기어이 다시 가게 문을 열었다.

그나마 할머니도 안 계시고 어머니는 아프다니

나 혼자 장사를 한다는 건 무리였다.

하여 '종업원 구함'을 가게 앞에 써 붙였다.

하지만 며칠이 지나도 사람은 구해지지 않았다.

그러던 어느 오후,

그가 예쁘장한 아가씨 한 명을 데리고 왔다.

이제부터 여기서 일할 아가씨라며.

그녀(최선옥)는 나보다 두 살 위였는데

이상하게 자꾸 나를 언니라 불렀다.

마침 추석이 다가왔다.

경북 안동 일직면, 어머니의 시가 친척 마을로 갔다.

기차를 탔다. 어머니와 그와 나와… 그리고 그녀까지.

입석으로 가는 기차 안에서 나는 너무도 이상했다.

왜 선옥이도 함께 가는 거지?

그러고 보니 도무지 이해되지 않던 지난날들.

일주일 열흘 그리도 집에 안 들어오던 그가,

그녀가 오고부터는 하루 종일 어딜 가지 않았다.

정구지든 땡초든 급히 필요한 게 있으면

그는 선옥이를 오토바이 뒤에 태워 시장엘 다녀왔다.

안동 갔다 온 다음 날부터,

선옥이는 아예 제집으로 가지도 않았다.

홀 마루에다 이불까지 펴고 잠을 잤다.

밤새, 그가 몇 번이나 들락거리는 것 같았다.

5. 버림받다

어머니는 선옥이와 나를 차별하기 시작했다.
밥 차리란 말도 선옥이에게 했고
약 먹을 물 가져오란 말도 선옥이에게 했고
할머니 집으로 보내는 일도 선옥이를 시켰다.
고분고분했다. 선옥이란 여자.

하루 이틀 사흘 일주일 열흘….
선옥이는 가지 않았다.
한 번 가긴 했으나 옷가지 챙겨 들고 바로 왔다.

이건 분명히 잘못된 거야!

그러던 어느 날, 그가 나를 조용히 불렀다.
"우리 다시 따로 나가 살자."
아, 그럼 그렇지. 내가 오해한 거였구나.
말을 마치자마자 그는 짐을 챙겼고
어머니께 별다른 인사도 없이 앞장섰다.

또 방 한 칸을 얻었다.

그리고 그가 나더러 어딜 같이 가자 했다.

묵묵히 따라갔다.

그곳은 다름 아닌 그 룸살롱이었다.

"여기 여사장님은 내 의붓 고모야.

주방에 일할 사람이 당장 필요하대."

나를 룸살롱에 데려다 놓고 그는 갔다.

곧 의붓 고모라는 김 마담이 내 팔목을 잡았다.

그렇게 강제로 나는,

남자 손님이 있는 룸 안으로 떠밀려 들어갔다.

"영계네? 새로 왔어?"

남자 하나가 날 잡아당겨 옆에 앉혔다.

그리곤 징글징글 젖가슴을 더듬으려 했다.

냅다 도망쳤다.

룸살롱을 빠져나와 정신없이 뛰었다.

새로 구한 방으로 갔다. 그는 없었다.

집에 전화했다. 어머니가 받았다.

'앞으로 ○○ 찾지 마라. 여기도 오지 말고.'

딸깍!

버려졌다.

철저하게 내버려졌다.

울며불며 당시는 잘 마시지도 못하는 소주를

단무지 몇 쪽에다 마시고 있는데 그가 왔다.

그는 내 손을 잡으며 말했다.

"고모가 다른 거 시키더나?

아무튼 여기서 조금만 기다려.

내가 나중에 데리러 올게."

돈 20만 원을 쥐여 주더니… 갔다, 그는!

누가 제발 나 좀 일으켜 줘요!

열심히 일했다.

닥치는 대로 설거지며 서빙이며.

그런데 월급 때마다 어찌 알곤 그가 와서

온갖 구실 다 갖다 붙이더니 돈을 가져갔고

그러다 아예 통장째 **뺏어갔다.**

애면글면 모아 놓았던 돈 120만 원.

'딱 6개월 후에 우리 결혼식 올리자.'

이 말만 늘 되풀이 하고선.

바보도 바보도 그런 바보가 있냐겠지만

처음 얼마 동안은 그토록 잘해 주던 남자,

믿고 싶었다 끝까지.

두런두런 시간은 흐르고

그가 약속했던 6개월도 훨씬 지나고.

이상한 말을 들었다.

그의 폭력배 후배인 남자로부터.

"형수요,

저는 이제 이 생활 청산하고 울산 뜹니다.

고민 많이 했는데 형수가 불쌍해서 말이죠.

○○형님 기다리지 마이소. 형수 갈 길 가이소."

"왜요?"

"음… ○○형님 애까지 낳은 거 모르지요?"

철푸덕 주저앉았다.

피가 거꾸로 솟는다는 말,

난생처음이었다.

정신 반은 나간 채로 택시를 잡았다.

밤 10시도 넘은 시각이었다.

설마! 아니겠지. 아닐 거야.

숨 헉헉대며 그 집 문을 두드렸다.

그가 누구세요? 하며 안에서 물었으나

아무 대답 없이 문만 계속 두드렸다.

'오밤중에 누구야?'

신경질적으로 그는 문을 열었다.

나는 1초도 망설임 없이 그를 밀치고

방으로 달려가….

갓난아기가 누워 있었다.

그리고 선옥이가 놀라 서 있었다.

"지금 이게 뭐야? 뭐 하는 거냐고!"

미친 듯 악악대는 나를 그가 양팔로 잡더니

일단 진정하라 했다.

그때, 어머니의 고함 소리가 문밖에서 났다.

"인자 와서 뭘 우짠단 말이고?

동네 시끄럽게 하지 말고 퍼뜩 가라!"

돌아 나왔다.

터벅터벅, 아니 몸을 질질 끌며.

용서치 않으리라.

인간 이하인 너희들 모두 용서치 않으리라.

할머니란 년도 어머니란 년도

네놈도 네놈의 누나도 마땅히 선옥이도 절대!

6. 모진 바람 불었다

달빛마저 없던 밤, 하염없이 걸었다.

복수라는 두 음절만 어금니에 딱딱댔다.

어떻게 짓밟을까. 어떤 방법으로.

혼인빙자 간음 혐의 및 사기.

당시 법상으로 그에게 해당되는 죄목이었다.

그러나 나는 고소하지 않았다.

'인자 와서 뭘 우짠단 말이고?'

그의 어머니 말이 맞는 말 같았으므로.

또한 후폭풍이 사실 더 무서웠으므로.

잊자. 속히 잊어야 산다.

그리고 일 년 후, 그놈이 나를 찾아왔다.

"나 이혼했어. 우리 ○○이 엄마가 되어 줘."

이런 개-자-식!

선옥이는 얼마 전 고모 손에 끌려갔단다.

왜 이런 꼴로 사느냐며 잡아끄는데

마치 미리 작정이라도 한 양 따라갔단다.

아이를 그대로 두고서.

알고 보니 선옥이 집은 제법 대단했다.

고모가 거의 엄마처럼 선옥이를 키웠고

현재는 일본에서 산다 했다.

아마 선옥이도 일본으로 갔을 거라 했다.

이것으로 그들과의 악연은 끝이었다.

복수라는 말조차 가슴에서 도려냈다.

그저 내 어린 인생에 또

모진 바람 한 번 불었다 치자.

세월은 무수히 흘러 2006년 가을

그러니까 내 나이 서른일곱이던 가을

낯선 번호가 폰 액정에 찍혔다.

"누구세요?"

"나야, 정○○!"

"…번호를 어떻게?"

"한참 찾았어. 우리 만나자. 꼭 할 말이 있다."

그는 한달음에 부산으로 내려왔다.

근 20년이 지나 그와 마주 앉았다.

"선옥이 고모 따라 일본 간 뒤

아이는 엄마한테 맡기고 나는 서울로 갔어.

할머니 돌아가시고 엄마도 2년 전 돌아가셨다.

엄마 눈 감기 전에 네 얘기 많이 했었지.

그리 착한 아이에게 우리 너무 많이 죄졌다고.

반드시 찾아서 지난 일 용서받으라고.

그런데 내가 그러지 못했어.

아이 둘 있는 여자 만나 재혼했거든.

작년에 화재로 일 년이나 병원에 있었다.

얼굴만 **빼고** 내 몸은

땀구멍이란 땀구멍이 전부 막혀 있는 상태야.

체온조절을 할 수 없어 일상생활 전부 고통이야.

엄마 말 듣고 널 좀 더 일찍 찾았어야 했는데

병원 침대에 누워 있던 일 년 동안

이게 바로 '천벌이구나.' 싶더라.

해서 퇴원하자마자 널 찾느라 얼마나…

미안했다. 정말 잘못했다. 부디 용서해줘.

지금이라도 이리 사죄하지 않으면

이보다 더 큰 벌 받을 거 같아 무서웠다."

그는 옷소매와 바짓단을 둥둥 걷어 올려

화상 입은 몸 상태를 내게 보여 주었다.

내 무릎 화상 자국은 아무것도 아니었다.

그의 말이 끝나자 나는 대답했다.

그의 어머니가 내게 했던 말과 똑같은 말을.

"인자 와서 뭘 우짠단 말이고? 가, 그만!"

눈물 뚝뚝 흘리는 그에게 또 한마디 했다.

"서른일곱의 나는 용서할 수 있다.

하지만 열여덟 열아홉 스물의 나는 절대,

당신을 용서하지 않는다.

하여 잘살라 말은 못 하겠다.

그냥 알아서 살아! 다신 나 찾지 말고!"

山 아버지

 이른 아침 산길에 피어 있는 가을 들꽃들, 알람 없이도 벌떡 기상해 별들과 동침했던 허연 이불을 걷어내고 척추 반듯 세워 스트레칭 중이다. 이완된 마디마다 불끈 핏줄이 뻗치면 발목 단단하게 푸른 끈을 조이고 살갗에선 금세 싱싱한 근육이 팽창한다.

 머지않아 노란 은행잎 방석들이 깔릴 칠성암 돌계단 한복판, 여태 여름을 보내지 않은 민달팽이 두 마리가 말간 이마를 맞대고 교미하는 중이다. 인간의 출몰 따위 하등 방해되지 않는다는 듯 몸을 동그랗게 말아 허연 점액질을 내뿜고 있다. 거의 움직임도 숨소리도 없는 느긋하고 고요한 몸짓이다. 립스틱을 발라놓은 듯 배롱나무꽃은 분홍으로 윤기 나고, 구절초 쑥부쟁이 고마리 애기똥풀 같은 키 낮은 들꽃들은 천진한 얼굴로 소꿉놀이 중이다.

 부산시가 한눈에 들어오는 커다란 바위 위에 걸터앉는다. 맑은 공기와 상큼한 바람, 단 하나의 티끌도 거치적거리지 않는 하늘과 얼룩짐 없이 영롱한 새소리, 천 년 된 소나무는 겨울에 더욱더 푸르리라 다짐하는 듯이 침엽마다 철철 정기가 넘친다.

나는 가끔 무덤 귀살쩍은 산길로 간다. 봄이면 그 가로 꽃이 많고 가을이면 주변이 온통 빨간 단풍 들어 고운 이유인데, 나같이 홀로 산행하는 여성분들은 대부분 무덤 없는 다른 길로 산행을 한다. 아무리 좋은 것이 있어도 싫은 하나가 중에 끼어 있다면 다 싫은 거다. 꽃도 단풍도 무덤과 어우러져 있을 때는 그저 으스스한 굴왕신의 옷일밖에.

어느 날 해 빠져 어둑해진 하산 길, 삐거덕 관 틀어지는 소리를 내며 바람이 휙 불어오자 순식간에 오싹 소름이 정수리까지 끼쳤다. 금세라도 머리채 푼 귀신들이 달려와 내 뒷덜미를 잡아 틀 것 같았다. 식은땀을 뻘뻘 흘리며 정신없이 뛰었다. 허연 소복 입은 초승달이 바짝 나를 쫓아왔다. 그렇게 내달려 드디어 귀기에서 벗어나 나무 벤치에 철퍼덕 널브러졌다. 정작 바람은 고요하고 달빛도 은은하기만 했다.

문득 오래전 돌아가신 아버지가 떠올랐다. 이런 산에 아버지를 봉분해 둔 사람이 그깟 무덤을 무서워하다니! 그날 후부터였다. 아버지의 샤먼인가, 무덤 그 산길이 해 빠져도 두려워지지 않은 것은.

어머니는 조반을 물리자마자 검부러기를 아궁이에 처박으며 부지깽이 팔자를 그어댔다. 나뭇가리 하나도 채 벼름 하지 못한 아버지는, 라디오 정오 대한늬우스에 이어 5분극 김삿갓 방랑기가 끝나고서야, 곤드레나물 섞인 옥수수밥 한 덩어리 지게에 달고 다리를 절룩이며 뒷산 가풀막으로 올라갔다.

얼마 후, 허연 백반 묻은 옷을 입은 땅꾼 서넛이 사립문 안으로 들어섰다. 어깨에 울러 멘 누런 무명 자루가 사납게 꿈틀거렸다. '장 씨 오면 내일은 배나무골 임 씨 상여나 멘다고 전하우. 막걸리라도 얻어 축이게 오라 허우.' 묻지도 않은 말을 등짝으로 내뱉으며 그들은 컹컹 도로 물러갔다. 생으로 잡혀 무명 자루 안에서 꿈틀거리던 놈이, 아버지 허벅지를 물었던 그 독사 놈이기를 나는 잠시 바랐다. 아니, 나무하러 간 아버지가 놈을 찾아내 시퍼런 도끼날로 놈의 허벅지를 피가 낭자하도록 찍어 토막토막 복수하기 실로 바랐다. 우리 아버지 다시 새마을 지도자가 되지 못할지언정.

아버지는 네댓 시간이 흘러서야 다리를 더 절룩이며 왔다. 그리고 작대기를 짚으며 지게에 지어 온 나무를 부렸다. '여름 낭구를 한나절이나 허우?' 숟가락으로 감자를 긁다 말고 정지에서 뛰어나간 어머니는 대번 앙칼진 소리를 내질렀다. 아버지는 단 한마디 대꾸 없이 곤드레 옥수수밥 싸갔던 보퉁이를 툭 하고 마루 위에 던졌다. 산 앵두와 곰딸기가 한데 섞여 짓물러 있었다. 부려놓은 생멸된 나뭇더미에선 독사 그놈이 혓바닥을 날름거리며 음흉하게 웃고 있는 것 같았다. 다시 고물 라디오가 쿨럭쿨럭 기침을 해댔다.

산판 갔다가 굴러 죽은 아랫마을 박 씨 아저씨 행상에서 넋걷이를 부르고 온 아버지는, 마지막 나무를 하고 너와 처마 밑에 세워 두었던 지게를 복실이 묻힌 돌무덤 뒤로 휙 던져 버렸다.

어머니는 승냥이 울음소리가 자정 시계불알을 뜯어먹어 버릴 때까지 허름한 신세 보따리를 싸고 또 쌌다. 얼마 후 우리 식구는 읍내로 이사 내려갈 채비를 마쳤다. 뒷산은 유난히 웅얼거렸고, 앞산 돌무덤 애기 귀신들이 까막까막 뛰어와 밥 달라며 밥 달라며 정지문 빗장을 붙들고 마구 졸라대는 듯했다. 리어카 바퀴 자국 뒤로 아버지 나무하러 가던 산이, 나 개구지게 뛰어놀던 숲이, 저만치 아득아득 멀어져 갔다.

정선 읍내에서 부산으로 다시 이사 온 아버지는 여전히 다리를 절며 빨간 산불 조심 완장을 차고 회동 산에 들어갔다. 팔자타령도 라디오 소리도 드문드문해졌다. 그저 아버지는 아버지대로 일당 이만 원을 벌기 위해 산으로 갔다 오고, 어머니는 어머니대로 한 달 월급을 받기 위해 식당으로 설거지 나가는 일에만 갸륵히 몰두했다.

우리 식구 사는 금사동 열두 가구 판자 사글셋방 뒤편으로 난 작은 쪽문을 열면 소나무 전나무 빽빽한 산이었다. 아버지 한나절 산불 조심 보초 서는 바로 그 산이었다. 밤이면 침엽 사이를 관통하던 으스스한 바람 소리와 이따금 들려오던 시커먼 저승 새의 피리 소리. 그래도 날 밝으면 깨끗한 아침 햇살 바람에 나무들과 꽃들은 일제히 쇄쇄 세수를 했다. 복실이 없는 부산 이 삭막한 곳에도 산이 있어 그나마 좋았다. 저 산속에 우리 아버지가 하루 종일 우두커니 앉아 있다는 사실을 행여 친구들에게 들킬세라 조마조마했지만 아버지는 가여웠다.

　갈수록 가슴 아리게 선명해지는 아버지에 대한 그리움을 배낭에 짊어지고 천상에서 아흔 몇 나이 드신 아버지 뒤를 따라 계속 산으로 간다. 케이블카 매점을 지나 휴정암 쪽으로 발길을 튼다. 산불 조심 푯말 아래 또 보이는 민달팽이, 툭툭 스틱으로 짚으려다 방해가 될까 싶어 냉큼 멈춘다. 땅에 떨어진 도토리 주워 든 다람쥐가 사방오리나무를 타다 나를 보고 깜짝 놀라 쏜살같이 사라진다. 하늘말나리는 동그란 정수리를 드러낸 채 지날 때마다 무릎을 살짝살짝 건드린다.
　어디선가 스르륵 하는 소리에 흠칫하자 아버지는 지겟작대기를 들고 달려와 당차게 풀숲을 뒤진다. 새마을 지도자 완장 찬 아버지는 조금도 다리를 절룩이지 않는다.

　'딸아! 무서워도 두려워도 마라. 산에는 이 아비가 있으니.'

안산전국여성백일장 당선작

가수 '박창근'

바다여!

강물이 흘러온 길을 잊지 마라.

수많은 물고기들 호흡하게 하고

가을날 낙엽을 실어준 밀도와

겨울날 눈송이 녹여준 속도를,

봄날 버들강아지 움트게 한

여름날 땡볕 서늘히 쉬도록 한,

이 모든 강물의 사명을 잊지 마라.

사람이여!

가수 불러온 노래를 잊지 마라.

누군가는 설운 눈물 닦게 하고

나의 창에서 꽃 하나 피는 일과

너의 베개 맡에 별 하나 뜨듯,

고립의 상처 따뜻이 쓰다듬은

소외된 외로움 어루만져 위로한,

박창근 그가 부른 삶을 잊지 마라.

국민가수 1위 박창근을 응원하며 적다

601

형부!

음력 10월 2일, 오늘은 형부의 기일이다. 쥐띠였으니 살아 계신다면 아마 64세겠지.

사람 구실 못 하고 허구한 날 만화책이나 들여다보며, 폭행까지 해가며, 언니에게 고통을 주던 형부.

그러던 언니는 맨발로 뛰쳐나와 내게 전화했고, 나는 곧장 청주로 올라갔다. 일단 무작정 방을 얻으러 다녔다. 마침 아주 싼 방 두 칸짜리 사글셋방이 있었다.

형부가 옆에 없는데도 언니의 공포는 여전했다. 사시나무 떨듯 떨었고 눈동자는 잔뜩 겁먹은 채 초점이 흔들렸다. 나도 하는 일이 있기에 당장 부산으로 내려가야 했지만 그런 언니를 두고는 도저히. 다만 며칠이라도 같이 있어 주어야 할 것 같아 주저앉았다.

사흘 후, 형부로부터 전화가 왔다.

"처제, 언니 전화기가 꺼져 있네. 혹시 언니하고 같이 있다면 한 번만 바꿔…."

형부 말을 자른 채 소리쳤다.

"어떻게 이 지경으로 살아갑니까? 두말할 거 없고 언니 안 보낼 거니까 이혼 서류 보내면 도장이나 찍어 줘요."

"처제, 미안해. 그래도 나를 사람으로 대해 준 건 처제밖에 없었다. 정말 고마웠다."

한 시간 후 낯선 번호의 전화가 왔다.

"여기는 홍덕경찰서입니다. 조○○ 씨 처제 되시죠? 이 번호로 전화해서 시신 수습을 부탁하는 전화가 왔는데요."

형부는 그렇게 목을 매달고 죽었다. 주위에선 앞다투어 언니더러 차라리 이혼해 버리라는 말을 해 댔다. 그러나 언니는 그래도 내 남편이고 아이 아빠인데 그럴 수 없다며 한사코 그들의 말을 뿌리쳤다.

아무리 인간 이하의 삶을 산다 해도 내게는 하나밖에 없는 형부였다. 형부에게 웃으며 말 걸어 주는 사람도 나뿐이었고, 전화라도 걸어 안부를 묻는 사람 역시 단 나 하나뿐이었다.

어느 늦여름 날, 오랜만에 언니 사는 청주로 갔다. 백화점에 들러 형부 입을 티셔츠 한 장 사 가지고 갔다. 형부는 난생처음 받아 보는 옷 선물이라 했고, 이렇게 비싼 옷도 처음 받아 보는 거라 했다. 형부는 너무나 좋아했다.

형부는 그 옷을 한 번도 입지 않다가 추석이 되어서야 꺼내 입었다 했다. 그해 추석은 10월이었다. 그리 쌀쌀한 가을바람 불어오는 계절에 형부는 내가 사 준 짧은 반팔 티셔츠를 입고 고향으로 간 것이었다. '이 옷, 우리 처제가 사 준 거다.'라며 그토록 자랑했단다.

형부가 죽고 난 2년 후 가을, 언니도 창밖으로 몸을 던졌다. 형부와 언니는 김해 신어공원 추모관 601번 부부 합장되어 있다.

꿈에 나타날 때마다 형부는, 내가 사 주었던 바로 그 티셔츠 차림이었다. 여태도록 그렇다. 내게 일어난 그 많은 신비한 일들과 기적들, 어쩌면 형부가 나를 지켜 주고 있는 게 아닐까.

그대의 슬픔 따위

외 속 파내듯 푹 파내어

허기진 바다 시울로 배회하는

배고픈 갈매기의 밥으로나

던져 줘 버리고 싶다

우리들은 너나 같이

낯선 매표소에서 표 하나 끊어

허이허이 술 취한 바람

길섶마다 고꾸라지고

나뭇잎 푸석푸석 지는 길

저벅거리며 걸어왔느니

그래도 미치는 것보다야

취하는 밤이 좋고

취하는 것보다는

차라리 새벽 눈물 바람이 좋다

보들레르의 독한 우울도 좋다

벗이여, 동지여, 그러니 우리

지불한 풋값만큼 치른 곳

모퉁이를 돌아 나와

저 푸른 풀잎 수건으로

퉁퉁 부은 목청이나 닦아야지

상처 주려고 한 소리는 아니에요

"나는 성격이 원래 가슴에 담아 둘 줄 몰라요. 상처 주려고 하는 소리는 아니에요."

친구가 버릇처럼 내뱉는 말이다. 말이란 명령을 관장하는 뇌를 거쳐 가슴으로 내려 다듬은 후 입을 통해 둥글게 내뱉어야 하는 것이다. 사람마다 급하고 느린 기본 성격에 따라 다소 시간의 차이야 있겠으나 과정은 누구나 똑같다. 친구의 이 말에는 사실 굉장한 모순과 폐단이 존재한다. 나의 원래 성격은 나에게 쓰일 때만이 성격이다. 그러나 상대에게는 내 성격이 즉, 인격으로 작용하는 것이다.

친구가 어딜 같이 가자고 하면 나는 긴장부터 한다. 내가 따라가지 않으면 되겠지만 또 보채는 성격 또한 친구는 만만치 않다. 그러니 하는 수 없이 동행을 한다. 봐도 못 본 척, 들어도 못 들은 척하자 하며.

그날은 대형 마트로 쇼핑을 가자 했다. 모든 반찬을 사다 먹는 친구, 마트로 들어서자마자 친구가 향한 곳은 다름 아닌 반찬 코너였다. 수십 가지나 진열된 반찬들 중에서 친구는 간장게장을 가리키며 판매원에게 물었다.

"이 간장게장 얼마예요?"

"아, 네. 얼마나 필요하세요? 달라고 하시는 만큼 드려요. 한 이만 원어치 달아 볼까요?"

"큰 걸로 골라 줘요. 이거 알 꽉 찬 거예요? 싱싱한 거 맞죠?"

"그럼요. 갓 잡은 싱싱한 게로 담근 거예요. 화학조미료는 일체 쓰지 않았고 친환경적 시스템으로 만든 거니까 안심하고 드셔도 됩니다. 이거 사다 드시면 다른 건 못 드세요. 믿고 사 가세요."

점원은 본인이 파는 상품에 꽤나 당당했고 자신감을 있는 대로 드러냈다.

마트 쇼핑을 마친 친구와 같이 우리 집으로 왔다. 오자마자 친구는 서둘러 간장게장 포장부터 열었다. 그리곤 한 마리 뜯어 지금 밥이랑 먹자 했다. 그런데 간장게장 등딱지를 떼어 내던 친구의 표정이 심드

렁했다.

"왜 그래?"

"이 간장게장이 아무래도 이상한 거 같다."

"뭐가 문제 있어?"

"마트에서 볼 때는 몰랐는데, 지금 보니까 모래알이 가득해."

"모래? 모래가 들어 있다고?"

"여기 한번 봐. 이거 다 모래알이잖아."

내가 보아도 분명히 모래알 같았다. 모래가 든 음식은 당연히 먹지 못할 것이다. 친구는 화가 머리 꼭대기까지 치민 듯했다. 다행히 마트가 바로 집 옆이라 반품 내지 교환해 오는 건 그리 어렵지 않을 것 같았다. 친구는 간장게장을 포장 그대로 다시 쌌다. 그런데 또 나더러 같이 가자며 성화를 부렸다. 혼자 갔다 오면 될 것을 매번 이런 식이다.

뛰다시피 친구는 반찬 코너를 향해 돌진했다. 그리곤 다짜고짜 아까 그 판매원에게 버럭 소리를 지르기 시작했다. 영문도 아직 모른 채로 판매원 얼굴은 순식간에 사색이 되었다.

"이걸 사람 먹으라고 파는 거예요?"

"네? 고객님, 무슨 일이신가요?"

"무슨 일? 이따위 음식을 판매해 놓고 무슨 일?

"저… 이, 이유는 알아야….

그래, 친구가 차근차근 조용조용 상황 설명하길 기대했던 내 실수다. 친구도 나이 쉰이 훌쩍 넘었으니 좀 바뀌었겠지 희망한 내 잘못이다. 친구는 예전보다 더 말을 막 해 대고 있었다. 내가 옆에서 아무리 저지하고 말려도 드센 친구는 속사포로 일관했다.

"간장게장에 반이 모래잖아요? 이거 댁이 먹어 봐, 어서!"

거의 반말 조로 간장게장 포장을 판매원 얼굴에 갖다 디밀었다. 더욱 사색이 되어 버린 판매원은 금세 오줌이라도 지릴 듯 보였다. 소란이 일자 이내 반찬 코너 원래 관리자로 보이는 여성이 저쪽에서 뛰어왔다.

"고객님, 어떤 문제가 있으신가요?"

친구는 마치 오냐 너 잘 만났다는 식으로 말의 속도와 데시벨을 올렸다.

"댁이 여기 관리자인가 보네? 자, 눈이 달렸으면 이걸 보라고. 모래 투성이잖아!"

친구에 비해 너무나 침착한 관리자, 친구가 들이민 간장게장을 살피더니 아주 나직한 어조로 대답했다.

"고객님, 이건 모래가 아닙니다."

이 말에 친구는 완전히 분기탱천해 공격했다.

"모래가 아니라고? 눈이 어떻게 된 거 아니야? 이게 모래가 아니면 뭐지? 안 되겠네. 지금 당장 점장 데리고 와!"

모래가 아니란 말에 나도 다소 의아했다. 아무튼 여전히 침착하고 나직하게 관리자는 설명을 이어갔다.

"고객님, 이건 모래가 아니라 소금 결정체입니다. 숙성되는 동안 간장에서 이러한 결정체가 생기는 거예요. 육안으로는 아주 작은 모래알처럼 보이긴 하지만 다 먹을 수 있는 거랍니다. 드셔 보시고 가져온 거죠?"

그 사이 주위에는 여러 사람이 몰렸다. 연세 지긋하신 어른 몇 분, 간장게장은 숙성이 잘될수록 이런 게 생기는 거라며 관리자의 설명에 힘을 실어 주었다. 그러자 그리 드세게 몰아붙이던 친구의 입이 그만 뚝 함구 되고 말았다. 친구나 나나 먹어 보지도 않고 도로 들고 온 건 사실인 데다, 간장게장에 소금 결정체가 생긴다는 상식도 아예 모르고 있었던 터였다.

완전히 반전된 이 상황, 과연 어찌해야 할까. 당연히 친구가 도리어 판매원과 관리자에게 사과를 해야 옳다. 하지만 친구가 그럴 리 없다는 것도 내가 너무나 잘 안다. 그나마 민망함은 느끼는지 잠시 딴청을 피우는가 싶더니 풀어헤쳐진 간장게장을 다시 수습해 들고선 친구가 말했다.

"내가 시간이 없어서 그냥 들고 가는 거예요."

상대편 입장에서 생각하기는 기가 막힐 정도로 엉뚱한 궤변이었다.

어쨌거나 한바탕 난리를 치른 다음 마트에서 급히 나왔다. 나오자마자 친구에게 말했다.

"네 기분으로만 그러지 말고 좀 곱게 말하면 안 되니? 듣는 사람 감정도 생각해서 말이야. 아무 죄 없는 판매원만 닦달한 거잖아. 마음에 얼마나 상처를 받았겠냐고?"

그러자 친구가 즉각 대답했다.

"나는 당당하게 소비자 권리를 행사한 거야. 소금 결정체? 어디 모래가 단 한 알이라도 나와 봐. 소비자고발원에 확 신고하고 말 거니까. 상처를 받는다고? 돈 벌어 가는데 그 정도는 당연히 감수해야지."

바다 생물로 만든 음식이니 당연히 모래가 나올 수도 있는 거 아닌가. 그리고 돈을 번단 이유로 대체 어디까지 감수를 하란 말인가. 말문이 막혔다. 소름까지 돋았고 온몸이 차가워졌다. 나는 이날 이후부터 친구를 멀리하기 시작했다.

'나는 성격이 원래 가슴에 담아 둘 줄 몰라요. 상처 주려고 하는 소리는 아니에요.'

가슴에 담아 둘 줄 모른다는 건, 상대에게 전달하고자 하는 메시지를 가슴으로 내리지 않았기 때문이다. 상처 주려고 하는 소리가 아니란 말 역시 이미 자기 말이 상대에겐 상처가 된다는 걸 시인한 것이다. 친구야 저가 하고픈 말들이 가슴을 거치지 않았겠지만, 상대에겐 그러한 말들 모두 상처가 되어 슬픔 속으로 꾹꾹 담겨 버리는 것이다. 반찬 코너 그 판매원의 퇴근길이 얼마나 그렁그렁했을까.

백 점을 맞아도

첫 시험 받아쓰기에서 나는 백 점을 맞았다.

백 점 맞은 아이는 나를 포함해 다섯이었다.

정선읍 가장 갑부 집 금이야 옥이야 아들인 반장

농업협동조합장이던가 아무튼 그 집 딸인 부반장

나머지 둘 역시 입성부터가 나와는 완전히 다른.

받아쓰기 백 점을 맞은 그날로부터

우리 다섯은 명실공히 공부 잘할(?) 아이가 된 것이다.

그리고 시험 때마다 다섯은 앞서거니 뒤서거니 다투었다.

2학년에 올라가서도 3학년 4학년에 올라가서도.

하지만 모든 학교생활에 있어서 나는 넷과 분명히 달랐다.

누구 앞에서도 당당한 그 아이들과는 달리,

난 툭하면 기가 죽어야 했고, 뻑하면 자존심 상해야 했다.

초롱포도야, 꼭 붙어 있어야 해

또 「나는 자연인이다」 프로그램을 시청하다가 급히 꺼 버렸다. 고작 2m도 안 되는 쇠사슬 줄에 묶어 놓은 개, 개의 민감한 청력으론 빗소리 그지없이 공포로 느낄 양철 지붕 개집. 그리고 위생 상태 엉망인 개 밥그릇과 물그릇.

화가 치밀었다. 저 예쁘고 소중한 생명체를 저토록 막 키우면서, 아니 폐기물처럼 방치하면서, 어떻게 견주라는 사람이 따뜻한 밥을 먹고 따뜻한 방에서 잘 수 있단 말인가. 가엽지도 않나. 불쌍한 마음조차 들지 않는 건가.

열 살 우리 초롱이(2.8kg 여아 토이푸들)는 생후 3개월 무렵 왔다. 지인의 지인이 피치 못할 사정이 있다면서 한 다리 건너 내게 떠맡기고 갔다. 부부간 종교 문제로 허구한 날 싸우는 바람에 더 이상 강아지를 키울 수 없다나 뭐라나.

아무튼 비슷한 연령 우리 포도(3.3kg 여아 요크셔테리어)의 입양 사정은 초롱이와 또 사뭇 달랐다.

4년 전, 혼자 산행을 마치고 내려와 어느 허름한 국숫집으로 들어갔다. 국수 한 그릇 주문하고 가만히 앉아 있자 어디선지 낑낑거리는 소리가 들려 왔다. 나는 60대 초반의 주인아주머니께 물었다.

"강아지 소리 들리는데, 어디 있어요?"

그러자 조금은 뭐랄까, 어수선한 입성과 정돈되지 않은 말투의 주인이 대답했다.

"저 뒤 화장실 옆 창고에 있수."

주인이 국수를 만드는 동안, 화장실 가는 척 슬그머니 강아지 소리 새어 나오는 창고 앞으로 갔다. 그리곤 살짝 문을 열었다. 악! 하마터면 나도 모르게 그만 비명을 지를 뻔했다.

온갖 넘쳐나는 쓰레기들과 벌레들과 악취, 그 속에서 작은 강아지 세 마리가 우글대고 있었다. 모두 요크셔테리어로 보였는데 미용을 하지 않아 털은 완전히 엉망진창 뭉쳐진 상태. 햇빛 한 줄 들어오지도, 바람 한 줄 통하지도 않는 컴컴한 창고. 어찌 이런 열악한 곳에다 강아지를,

그것도 세 마리나.

분노가 치밀어 오르던 그때, '국수 나왔시오.' 주인이 나를 불렀다. 그러나 국수 한 젓가락 삼킬 수 없었다. 저 쓰레기장 같은 창고 안 강아지 세 마리가 눈에 밟혀 도저히. 주인은 내게 국수를 내어 주곤 화장실 앞 평상에 앉아 담배를 피워대고 있었다. 낑낑대는 강아지들 소리 뻔히 들으면서도 전혀 아무렇지 않은 표정으로. 집에 오자마자 초롱이부터 안았다. 자꾸 창고의 강아지 세 마리가 떠올랐다. 밥도 제대로 먹을 수 없었고, 잠도 잘 오지 않았다. 잊히지 않는 그 처참한 광경에 가슴이 계속 아파 왔다. 배는 고프지 않을까? 행여 어디 아프지는 않을까?

이튿날, 나는 또다시 그 국숫집으로 갔다. 주인은 나를 알아보곤 마치 새로운 단골이라도 잡은 양 꽤나 반색했다.

"도토리묵 한 접시 주세요."

당연히 막걸리도 가져오려는 거 그냥 도토리묵만 달라 했다. 그런데 주인이 나더러 막걸리 한 병만 사 달라고 했다. 이게 무슨 경우람? 뭐 그러시라 했다. 막걸리 한 병을 가져와 주인은 태연히 내 앞에 앉았다. 오히려 잘된 일이다. 물어볼 게 많으니까.

"저 창고 안 강아지들은 몇 살인가요?"

"하나는 엄마고, 둘은 그 자식인데, 나이는 대여섯 살 되었는가, 잘 모르것네."

"처음부터 키우던 게 아닌가요?"

"내가 우울증 약을 30년째 먹고 있어서 정신이 오락가락하단 말이지."

"음… 강아지들 산책은 시켜 주시고요?"

"산책? 장사하기도 몸이 힘들어 죽것는데 뭔 개들 산책을 시켜 주요?"

"그럼 강아지 셋을 계속 저기에다 넣어 놓는 거예요?"

"지들 셋이 잘 있구만 뭔 걱정이요."

"흠… 예방 접종은 해 줬죠?"

"아따, 뭔 개들 얘기만 이렇게 해쌓고 그러요? 어서 잡숫기나 하슈."

그러더니 막걸리를 꿀떡꿀떡 마셨다.

다음 날 여지없이 국숫집으로 갔다. 주인은 벌건 대낮인데도 이미 술에 취해 눈동자까지 풀려 있었다. 창고에선 낑낑대는 소리가 더 크게 들려 왔다. 나는 일부러 주인에게 두부김치와 막걸리 한 병을 사 준 후 강아지들 좀 봐도 되느냐 했다. 뇌물(?)이 통한 건지 주인은 흔쾌히 그러라 했다.

창고 밖에다 강아지 세 마리를 꺼냈다. 이럴 수가! 태어나 처음 밖으로 나와 보는 거구나. 강아지 셋은 발을 땅바닥에다 잘 디디지 못했다.

그리고 햇볕에 눈도 바로 뜨질 못했다. 밝은 데서 살펴보니 강아지들 상태는 더욱 심각했다. 속으로 욕했다. '저 미친 여편네!'

주인은 헤헤거리며 막걸리를 마시고 있고, 나는 터져 나오는 눈물을 가까스로 참았다.

매일 국숫집으로 갔다. 갈 때마다 주인에게 막걸리부터 사 주었고 강아지들을 창고에서 꺼냈다. 그리고 우리 초롱이랑 함께 한 마리씩 교대로 산책을 시켜 주었다. 처음엔 날 보며 으르렁 짖고 내 손도 물고 하더니 차차 순해졌다.

그중 우리 초롱이와 똑같은 이름의 초롱이(국숫집 주인이 그래도 이름은 지어 주었다.)는 유난히 경계심이 많았고 겁도 많았다. 나를 열흘이나 넘게 보았으면서 몸을 달달 떨며 구석에 숨어 통 나오려 하지 않았다. 무려 한 달 넘어서야 제 몸을 내게 맡겼다. 내가 가서 창고 문을 열어 주면 가장 먼저 달려 나와 내 무릎에 앉았다. 녀석들 셋 다 나를 더 먼저 차지하려 난리였다. 난생처음 받아보는 사랑이겠지. 그러한 행동이 얼마나 안쓰럽고 눈물 나던지 모른다.

국숫집에 한 번 갈 때마다 돈 몇만 원 매번 날아갔다. 주인 막걸리 사 주는 돈 외에도, 강아지 셋 간식도 사다 주고 심장사상충약과 진드기약도 발라 주고. 주인은 나를 아주 반가워했다. 속이 뻔히 보였다. 나만 오면 돈 얼마 거저 생길 테니까.

마음 같으면 정말, 저 세 녀석 당장 구해 내고 싶은데. 어디 좋은 곳에 가서 살게끔 보내주고 싶은데. 하지만 어쨌든 내 강아지들이 아니니 아무 방법 없었다. 아는 사람들에게 전화해 두런두런 사정을 말해도, 다들 안쓰러워만 할 뿐 이왕이면 환경 좋은 곳에서 이제 갓 태어난 강아지들만 키우기를 원했다.

그러던 어느 날, 국숫집 초롱이가 내 바지자락을 잡고 떨어지려 하지 않았다. 눈에 눈물까지 그렁그렁했다. 그런 초롱이를 하는 수 없이 떼어 놓고 집으로 터벅터벅 걸어오는데 가슴이 찢어질 것만 같았다.

이날 저녁, 나는 우리 초롱이를 앞에 앉혀 놓고 말했다.

"초롱아, 국숫집 초롱이 엄마가 데려올까? 셋 다 데려와 같이 살면 좋겠지만 그건 너무 어려운 일 같아. 국숫집 초롱이 엄마한테 안겨 막 울었어. 초롱아! 국숫집 초롱이랑 함께 살아도 될까? 허락해 줄 수 있어?"

조용히 듣던 초롱이, 잠시 후 놀라운 일이 일어났다. 마치 내 말을 다 알아들었다는 듯 우리 초롱이는 내 얼굴을 마구 핥았다.

나는 그 즉시 국숫집으로 갔다. 그리곤 거침없이 주인에게 말했다.

"초롱이 제가 데려다 키우면 안 될까요?"

"뭐? 남의 물건을 왜 데려간다고 하는 거야?"

"돈 드릴게요. 얼마 드릴까요?"

"얼마 줄 끼요?"

"30만 원이면 되겠어요?"

30만 원이란 말에 버럭거리던 주인 입은 금세 귀까지 걸렸다. 망설이고 자시고 할 것도 없다. 잠시만 기다리라 해 놓곤 근처 현금지급기에서 30만 원 전부 만 원짜리로 뽑아 왔다.

"여기 있어요. 30만 원. 이제 초롱이 데리고 가도 됩니까?"

"아, 예예. 잘 키우시우."

30만 원을 주머니에 넣고 좋아 입이 찢어지는 국숫집 주인, 진짜 뺨이라도 한 대 갈기고 싶은 걸 억지로 참았다.

이리하여 국숫집 초롱이도 내 가슴이 낳은 소중한 새끼가 되었다. 이름은 새로 '포도'라 지어 주었다.

포도는 제일 먼저 병원으로 데려가 건강 상태를 체크했다. 예상한 대로 몸 구석구석 탈이 나 있었다. 수의사 말로는 치아 상태를 보니 나이도 제법 먹었을 거라 했다. '아무 걱정마라. 이젠 이 엄마가 있으니까.'

포도는 의외로 우리 집에 오자마자 적응을 잘했다. 아니, 정확하게 말하자면 머리 좋고 착한 천사표 초롱이가 케어를 다 해 주었다. 아무

데나 쉬를 하려 하면 초롱이가 퍼뜩 달려가서 배변판으로 유도했고, 저 먹던 뼈다귀 껌도 꼭꼭 씹어 포도 앞에 놓아주었다. 뿐만 아니라, 초롱이 최애 방석, 최애 인형, 하물며 폭신한 쿠션까지 포도에게 죄다 양보했다.

그런 포도는 드디어 한 번도 올리지 않았던 꼬랑지를 위로 치켜들었다. 나날이 밝아지고 있는 포도, 마음 한편으론 여전히 창고에 갇혀 있는 강아지 둘이 생각나 수시로 눈물이 났다. 동물구조협회에 제보해 보았지만 '그런 정도는 구조 대상 아님'이란 말만 했다.

초롱이와 포도는 세상 둘도 없는 사이가 되었다. 서로 으르렁대는 일도 없었고, 먹는 걸로 싸우는 일 역시 단 한 번 없었다. 잘 땐 또 엉덩이를 찰싹 붙인 채 잤다.

그즈음 다행히 창고의 남은 강아지 둘도 다른 사람에게 보내졌단 말을 들었다. 알코올 중독자인 국숫집 주인, 보나 마나 또 누가 돈 준다니 좋아라 하며 냉큼 내주었겠지. 어쨌든 그때서야 마음이 놓였다. 둘 다 구해 내지 못한 죄책감에서 조금 벗어날 수 있었다.

나는 우리 강아지들 이름을 어디 쓸 때나 혹은 함께 부를 때, 각각 따로 띄우지 않고 '초롱포도'라 붙인다. 어떤 일이 있어도 헤어지지 말고 꼭 붙어있으란 의미에서다. 당연히 내가 초롱포도 엄마인 이상, 결코 헤어질 일은 없을 것이다.

「나는 자연인이다」TV 프로그램을 자주 보는 건, 나도 곧 귀촌을 하려 함이다. 하루인들 더 빨리 나무와 풀과 꽃이 만발한 넓은 마당에서 초롱포도 맘껏 뛰어놀게 하고 싶다. 해 봐야 기껏 남은 고작 몇 해일지언정, 눈에 넣어도 안 아픈 내 새끼들을 더없이 행복하게 해 주고 싶다.

이것이 바로, 초롱포도 엄마로서의 사명(使命)이다.

반려동물 사랑 콘텐츠 공모전 당선작

동백

저 섬 동백꽃 피지 않는다면

어느 누가 보러 가기나 하나

그 섬 동백꽃 지지 않는다면

어느 누가 다녀가기나 하나

우주의 무단에도 아롱진 뜰

소쩍새 처연 울어 뚝- 뚝

바다로 향하는 선혈의 잔치는

계절도 변주에 견디지 못해

이별한 자를 위한 붉은 묵념

오늘은 동백을 쓸어야 하리

싸릿대 휘휘 바람을 매달고

동백- 동백 떨어져 버린 이 이승

그대의 섬을 그만 쓸어야 하리

손톱을 깎다가

손톱을 깎다 말고
슬픈 필름 몇 장 손톱에 인화한다

언니는 왜 손톱을 바짝 깎아?
난 손톱 긴 거 싫어서.
그러다 살까지 깎아 버리겠네
난 손톱 긴 거 싫어서.

시뻘건 매니큐어 칠한 손톱으로
민 손톱 깎고 있는 언닐 보며 혀를 찼다
촌스럽다는 듯 비웃어 댔다

그리 손톱을 다 깎아 내야만
식당에서 반찬 하는 게 편하다는 걸
그토록 살이 깎이도록 깎아 내야만

식당 주인에게 욕 듣지 않는다는 걸

나는 언니 가고서야 알아챘다

언니라고 왜

초승달처럼 손톱 곱게 길러

분홍 칠 한번 해 보고 싶지 않았을까

봉숭아 해마다 물들이던 언니였는데

손톱이 짧은 여자는 가여운 여자

매니큐어 칠하지 않은 여자도 가여운 여자

이 가여운 여자들은 모두가 내 언니

나도 손톱을 깎기 시작했다

더 바짝 깎아 내기 시작했다

매니큐어도 안 바르기 시작했다

이거라도 나 내 언니 닮아 주려

가난하면 달린다

　가난한 사람은 잘 달린다. 달려야만 할 일들이 하도 숱해 그렇다. 가난했던 사람은 잘 달릴 수밖에 없다. 텅텅 빈 허기진 내장으로도 달려야 했으니 그렇다. 차비가 없어 달리고, 슬픔 부르는 데 많아 달리고, 가난할수록 멀어져야 하는 길이어서 달리고.

　라면만 먹고 달리던 임춘애, 홀어머니 지적장애 맨발의 기봉이, 그리고 올림픽의 손기정. 이들 모두 가난해서 달렸다. 배가 고프고 사람의 따스함이 고프고 이 나라 힘이 고파 달렸다.

　나는 학창 시절 장거리 육상선수였다. 단거리는 3등 정도였지만 장거리엔 늘 강했다. 달렸다 하면 영락없이 1등이었다. 나보다 훨씬 키 큰 아이들도 모두 내 뒤였다. 집이 부자라 매일 고기반찬이 밥상 위에 올라온다던 아이들도 웬만해선 나를 이길 수 없었다. 그래, 가난해도 이기는 건 있더라.

우리 집은 강원도 정선 산골에서도 가장 꼭대기였다. 구름이 지붕 위에서 낮잠을 자고, 밤이 되면 승냥이 울음소리 문풍지를 뚫고 들어오던 오지 중 오지였다. 인가가 있는 아랫마을까지 내려가는 데만 해도 족히 삼십 분이 걸렸고, 읍내까지 가려면 두 시간이나 걸려야 했다. 울퉁불퉁한 돌멩이 흙길, 옆으로는 수많은 애기들 묻힌 돌무덤.

그 험한 산길을 단 한 번 넘어지지 않고 달리기란 쉽지 않았다. 툭하면 돌부리에 발이 걸리는 게 당연했다. 그래도 달려야만 지각하지 않고 등교 시간에 맞출 수 있었다.

"저 간나가 학교 안 가는 기래? 왜서 그렇게 꾸물대나?"

감자 보리밥에 짠지 몇 쪽으로 아침밥을 먹고 나면, 조반상도 마저 치우다 말고 정지에서 뛰쳐나와 어머니는 고래고래 호통이었다. 그러면 연년생 남동생과 나는 서둘러 책가방을 메고 사립문을 나섰다. 여름에는 그나마 일찍 해가 밝으니 덜했지만, 동도 트기 전 집을 나서서 달리던 까만 아침 겨울은 무서웠다. 저는 사내자식이라고 나를 팽개치곤 항상 앞에서 달리던 남동생이 얼마나 야속하던지. 그렇지만 별수 없었다. 나는 남동생을 따라잡기 위해 사력을 다해 달렸다. 구멍 난 양말 밖으로 삐져나온 엄지발가락의 한기도 잊었다. 엄마가 어디서 얻어다 입혀 준 다 떨어진 내복 안으로 들어오는 겨울바람도 잊었다.

그저 달리기만 할 뿐.

엎어져 고뱅이에 피가 나도록 달려 드디어 학교 정문에 도착을 했다. 다른 아이들은 여유작작하게 운동장 안으로 걸어 들어갔다. 나보다 이미 먼저 도착한 남동생은 교실까지도 달려갔다. 하지만 나는 그러고 싶지 않았다. 시커먼 아침부터 내달려 학교로 왔다는 사실을 아이들에겐 결코 들키고 싶지 않았다. 내가 사는 산골 집도 숨기고 싶었고, 가난하니까 학교에서 집이 멀다는 것도 꽁꽁 숨기고 싶었다. 하여 달리느라 눈바람에 거친 호흡에 시뻘게진 얼굴을 최대한 말짱히 하며 나 또한 여느 아이들처럼 천천히 걸어 교실로 들어갔다.

아침 등교 때와는 달리 하교 시에는 굳이 달릴 필요가 없었다. 늦게 도착한다고 지각 처리될 일도 없고, 제시간에 오지 않았다며 어머니가 매타작까진 또 하지 않을 테니까. 그래도 나는 달렸다. 아침으로 먹은 감자 보리밥이야 아침에 달리느라 이미 그때 소화가 다 되어버렸으니 벌써 수 시간이 경과한 낮 시간, 당연히 배가 고팠던 것이다. 고기 냄새 생선 비린내는 풍길 일 없겠지만 그래도 빨리 집으로 가야 다문 감자인들 또 먹지 않겠나.

그러던 2학년 여름방학이었다. 읍내에 다녀오신 어머니는 아홉 살 내게 하늘색 원피스를 입혀 주셨다. 새 옷, 그것도 원피스를 입어 보는 건 처음이었다. 빨간 구두 하나만 더 있다면 더 좋을 텐데, 머리에 꽂을 예쁜 핀 하나만 있다면 더 좋을 텐데.

잠시 후 "가자." 어머니는 짤막하게 말했고, 나는 영문도 모른 채 새 하늘색 원피스엔 어울리지도 않는 낡은 운동화를 신고서 어머니 따라 사립문을 나섰다. 어머니 손에는 귀퉁이 뜯어진 낡은 가방이 들려 있었고 머리 위에도 큼지막한 꽃무늬 보따리가 얹어져 있었다. 그날은 부슬부슬 여름비가 내렸다. 어머니와 나는 잠시 젖은 기찻길을 걸었던 것도 같다. 어머닌 내내 아무런 말이 없었다.

그렇게 한참이 지나서야 도착한 곳은 사북 탄광촌에 사는 막내 이모 댁이었다. 막내 이모라고 해 봐야 몇 해 전 우리 집에서 얼굴 한 번 본 것이 고작이었다. 이모는 결혼한 지 4년이 넘었어도 아이가 아직 없었고, 이모부는 석탄을 캐는 광부였다.

처음 보는 탄광촌, 그리고 처음으로 가 본 막내 이모 댁은 허름한 판잣집 단칸방. 쪽마루가 하나 있었던 것도 같고 방과 부엌 사이의 문지방이 꽤 높았던 것도 같다. 이모와 이모부는 어머니의 인기척에 후다닥 달려 나오더니 반갑게 맞아 주셨다. 어쨌든 나는 여름방학에 새 원피스를 입고 이모 집에 놀러까지 왔으니 마냥 신이 나 있었다. 이모와 어머니가 어떤 말들을 주고받았는지는 모른다. 다만 나를 막내 이모 댁에다 데려다 놓고 몇 시간도 되지 않아서 며칠 후에 오겠노라는 말만을 남긴 채 어머니가 집으로 황급히 돌아갔단 것밖에는.

그러나 하루가 가고, 이틀이 가고, 사흘이 가고, 나흘이 가도, 다시 나를 데리러 오겠다던 어머닌 오지 않았다. 아침부터 밤까지 쉬지 않고 울기만 하는 나에게, 처음 나를 반겨 주던 상냥한 모습과는 달리 막내 이모가 화를 버럭버럭 냈다. 그리고 싸리나무 회초리로 엉덩이를 마구 때리기도 했다. 더 이상 새 하늘색 원피스도 싫었고 나는 무조건 집으로 가야 했다. 어떻게든 가야 했다. 걸어서라도, 기어서라도, 아니 달려서라도 속히 이모 집에서 벗어나 복실이 강아지 왈왈거리는 내 집으로 가야 했다.

내게는 어머니가 나를 놓고 가며 원피스 주머니에 찔러준 돈이 얼마 있었다. 그때서야 생전 사 주지도 않던 원피스를 사 줄 때부터 알아봤어야 했는데, 과자 사 먹으라고 돈을 주고 갈 때부터 알아봤어야 했는데, 하는 생각이 서럽게 들었다.

나는 이모와 이모부에게 아무런 말도 하지 않고 몰래 무작정 길을 나섰다. 그리고는 달렸다. 아무튼 기차를 탔고 어디선가 내렸다. 그러고는 또 마구 달려 집으로 갔다. 나를 보곤 마당 멍석에서 새끼줄로 깻잎 단을 묶고 있던 어머니는 소스라치게 놀랐다. 이윽고 어머니는 묶고 있던 깻잎 단을 옆으로 휙 던지더니 어떻게 왔냐면서 눈물 콧물 범벅이 된 나를 때렸다. 정작 내가 엄마의 가슴을 있는 대로 힘주어 때리고 싶었건만 어머니가 되레 나를 그렇게 때렸다. 그날 밤 잠든 줄 아는 내 머리맡에서 어머니와 아버지가 이야기했다.

"이 여슥 막내 이모가 자식 삼아서 잘 키워 준다고 했는데, 이래 혼자

서 여까정 찾아온 거 보믄, 야는 이모 자식 될 팔자가 아닌 거래요. 거기선 밥이나마 여보다는 나을 건데 말이래요.”

“허… 험~~~~”

그날 후부터 나는 더욱더 있는 힘을 다해 달리기 시작했다. 어머니가 감자밭에 풀 뽑으러 가자며 부르기도 전에 미리 달려가서 대령했고, 어머니가 깻잎 팔러 읍내에 갔다 오실 시간이면 어김없이 아랫마을까지 달려 내려가 기다렸다. 어머니께 잘 보이려고 달렸고, 두 번 다신 막내 이모 집으로 팔려 가지 않으려 달렸다.

부산으로 이사를 내려온 후에도 계속 달렸다. 어머니가 장사하던 호떡 포장마차까지도, 어머니를 병원으로 실어 가는 구급차 뒤에서도. 가난 때문에 병원비마저 없어 어머니 하늘나라로 일찍 달리기해 버릴 때까지 나는 쭉.

마로니에 전국백일장 당선작

커피 한 잔

이 작은 커피콩 한 알도

내 미각으로 오기까지

숱한 날 우주를 품었겠지

정선역의 어머니

　정선으로 가는 기차에 오르자마자 삼십 년 전 어머니는 내가 앉을 옆자리에 먼저 앉아 있다. 나는, 나와 동갑인 어머니의 무릎을 내 몸 반쯤 베고 눕는다. 그을음 잔뜩 묻은 어머니의 머릿수건이, 장독대 위 허연 정화수 물그릇이, 차창 밖 부신 햇살 속으로 시큰시큰 지나간다.

　어머니는 말이 없고 나는 잠이 든다. 정선역에 도착하자 열 살짜리 계집아이가 나를 깨운다. 이승의 기차에 무임승차를 했던 어머니는 어느새 역무원 곁을 몰래 지나 대합실 안으로 들어가고 있다. 이제 나는 어머니 뒤를 따른다.

'강내이 사 가우. 이 찰강내이는 내가 키워서 쪄 온기래요.'

　정선역 대합실 밖에서 쭈그리고 앉아 옥수수를 팔고 있는 어머니. 나는 한참 동안이나 나무 의자에 앉아 있다. 잠시 후 나를 깨운 열 살짜리 계집아이가 다가가자 어머니는 찐득해진 눈깔사탕 한 개를 월남치마 주머니에서 꺼내 준다. 마흔네 살의 나는 그 찐득한 눈깔사탕을 받아 들고 다시 나무 의자에 앉는다.

'강내이 사 가우. 이 강내이 좀 사 가 보우.'

아무리 외쳐도 사람들은, 어머니를 알아보지 못하고 매점으로만 간다. 반나절이 지나도 어머니의 강내이는 광주리에 그대로인데 반대편 구절리에서 출발한 기차가 정선역으로 들어온다. 어머니는 강내이타령을 멈추고 먼 전라도 친정 어미를 찾는다. 나도 저 기차 타면 갈 수 있을란가 나도 갈 수 있을란가.

어머니에게도 고향은 있고 어머니에게도 어머니는 있어 기적 소리 글썽인다. 구절리에서 온 기차는, 내리는 사람은 없고 타는 사람만 있다. 어머니도 오 남매 강내이 광주리를 내던지고 저 기차를 탈까 싶어, 어머니도 어머니의 고향으로 어머니의 어머니를 만나러 영영 내뺄까 싶어, 열 살짜리 계집아이는 역무원의 깃발을 빼앗아 정선역으로 들어온 구절리발 기차 머리를 반대로 돌려놓아 버린다. 그 사이 강내이는 푹푹 쉬어 버렸다.

정선역에서만 이틀을 머문다. 그저 오가는 기차만 바라보고 강내이 대신 올창묵을, 두부를, 열무를 팔고 있는 어머니만 지켜본다. 첫 기차는 들어와도 어머니는 마수하지 못하고 푸석해진 강내이 잎 같은 병든 나이만 한 몇 해 더 먹고 있다. 어머니는 꼭꼭 숨겨 두었던 찐득해진 기차표를 내게 건네주고는 닳아빠진 광주리를 수의(壽衣)로 걸쳐 입고 다시 기차에 오른다. 한사코 나를 대합실에 떼어 놓고 편도로 어둑어둑 멀어져 간다.

정선역에는 어머니와 이승(移乘)되지 않는 나의 왕복행 그리움만 칙칙폭폭거린다.

제5회 철도문학상 대상작

---------------- **별 하나**

울 엄마

싸구려 은니 뽑고

이제야 어금니

새로 해 넣으셨네

소리를 잃어버린 새

시끌시끌 떠들어 대는 무리로부터
훨훨 떠나 그저 홀로 날기만 했을 뿐

날개가 찢기어야 비행을 할 수 없듯
아가리가 찢기어야 험담을 멈춘다면

아니 아니
소리를 잃어버린 새가 너희에게
대체 무슨 죄를 지었는지 직고하라
왜 그리 상처 주려 하였는지 실토하라

말도 못 하는 새 내장까지 뽑아 놓고
떠들어서 까진 제 부리만 아프다고

외로움이 무서운 건 외로워서가 아닌

외로운 시간만큼 결국 남을 해하는 것

그러니

외로움을 빙자하여 아가리로 남을 해한

너희 새들 죄는 전부 무기징역!

소리를 잃어버린 새는

외로움이 원래 무섭지 않았어

토닥토닥 버튼

　나는 너를 알지만 너는 나의 얼굴을 모른다. 이름도 나이도 모른다. 당연히 전화번호나 주소도 모른다. 게다가 친절하게도 내 아이디 반이나 되는 뒤를 ***으로 익명 보장해 주잖아. 그러므로 내가 네게 막말을 하든 욕을 하든 나야 거리낄 것 전혀 없는 것이다. 자, 그럼 오늘도 악플 놀이를 시작해 볼까?

　얼굴이 왜 그 모양이니, 인상이 너무 더럽다, 그것도 노래라고 부르느냐, 발가락으로 연기를 해라, 싫다, 그냥 싫다, 너는 다 싫다, 나오지 마, 나대지 마, 사라져 버려!

　악플을 다는 내 손가락엔 그 어떠한 동요도 없다. 마치 무생물이 다른 조종에 의해 아무렇게나 동작되는 것 같을 뿐. 그렇다고 머릿속에 이는 쾌감도 희열도 없다. 가슴속에 퍼지는 보람이나 만족감도 없다.

그런데도 나는 왜 이 짓을 계속해서 반복하고 있는 거지? 그것도 나이 마흔이나 훌쩍 넘은 여자가.

쌓여 가는 스트레스를 풀 데가 없었다. 사람에 대한 미움과 증오를 떨쳐낼 곳이 없었다. 가난만 물려주곤 돌아가신 부모님, 그리고 몇 해 전 자살해 버린 언니.

이상해진 목소리, 대인기피증과 우울증, 친구들은 하나둘 등을 돌려 버렸다. 철저하게 혼자가 되었다. 아니, 나를 완벽하게 세상과 격리시켜 버렸다. 내 손에는 단 스마트폰과 컴퓨터 한 대만이 남아 있을 뿐이었다.

사람들과의 교류나 소통? 다 필요 없었다. 그저 무조건적이고 일방적인 메시지만 던져 버리기로 했다. 내 메시지에 울든지 불든지 아픔이 되든지 상처가 되든지 알 바 아니니까. 잘나가는 너희들도 나처럼 어서 빨리 무너지기를. 하루속히 망가져 가기를. 하여 이 세상 전부 컴컴해지고 사람들 모두 아비규환이 되기를. 그럴수록 점점 더 나 자신이 황폐해짐을 모르는 건 아니었다.

그러던 어느 날이었다. 습관적으로 인터넷 검색을 하다가 역시 버릇처럼 댓글을 달러 클릭했다. 기자가 써 댄 본문 기사를 전부 읽는 행위 같은 건 하지 않아도 된다. 욕하는 댓글이 많고 추천 수가 많으면 그에 따라 나도 욕하면 되니까. 그 연예인 기사에도 반 이상은 악플이었다.

그런데 이상했다. 갑자기 내 마음이 이상야릇해졌다. 문득 이 연예인의 편에 서고 싶은 그런. 다만 몇 줄로라도 마음을 어루만져 주고 싶다는 그런. 해서 나는 그야말로 예쁘고 착한 댓글을 달았다. 조금 시간이 지난 뒤 보니 내 댓글에 추천 수가 어마어마했다. 악플 달 때는 단 한 번도 받아 보지 못한 많은 추천에 기분 참 묘해졌다. 그리곤 나도 모르게 미소를 짓고 있었다. 조금씩 나는 악플이 아닌 선플을 달기 시작했다. 누가 봐도 뻔히 욕 들어 먹을 기사에는 아예 댓글을 달지도 않았다.

그러던 다시 어느 날, 어떤 긴 댓글을 보게 되었다. 본문 기사에 감정 이입이 되었는지, 아이 둘을 키우고 있는 30대 중반의 여자라고 자신을 소개하는 말로 시작된 것이었다. 너무나 힘들게 아이들을 낳았고, 너무나 힘들게 아이들을 키우며 살고 있으나, 남편도 시부모님도 자신을 늘 천대하여 눈물밖에 나질 않는다는 그런 내용이었다. 그러자 이 30대 엄마가 쓴 댓글에 다시 댓글이 주르륵 달리고 있었다. '팔자 편한 소리 하고 있네, 너만 그러냐? 한 대 처 맞아야 정신을 차리지, 밥이나 하러 가라.' 등등.

아니 이 젊은 아이 엄마가 대체 무슨 잘못을 했다고 이러지들? 미혼이라 아이도 없는 나건만 속으로 부아가 치밀었다. 하지만 막말 쏟아내는 그들에게 부질없이 화를 내고 싶지 않았다. 그보다는 아이 엄마

를 위로해 주는 게 더 낫다 여겼으니까. 나는 댓글을 달았다. 제법 긴
댓글이었다.

내 힘든 이야기를 할 때, 제일 나쁜 건 '나도 그래, 나는 더 해, 뭐 그
정도 가지고, 누구나 그렇게 살지.' 등의 말을 위로랍시고 하는 걸 테
죠. 반대로 가장 좋은 위로는 끄덕여 주는 것. 그냥 두 눈을 바라보며
묵묵히 들어주는 것일 거고요. 이게 작은 위로라도 될지 모르겠지만,
저는 지금 님의 말을 조용히 듣고 있어요. 그러니 더 하셔도 돼요. 좀
있다가 '토닥토닥' 이 말만 떠올려 줘요. 토닥토닥!

잠시 후 아이 엄마가 내게 댓글을 달았다.

저 지금 펑펑 울고 있어요. 아이 낳고 십여 년 동안 가족한테서도 단
한 번 받지 못한 위로를, 얼굴 하나 모르는 분에게서 받았어요. 정말
감사합니다. 절대 잊지 않을게요.

그리고 나서부터는 이 아이 엄마에게 더 이상 상처 되는 댓글이 달리
지 않았다. 뭉클했고 기뻤다. 아이 엄마가 나로 인해 위로를 받았다는
것이 뭉클했고, 내가 고작 댓글 몇 줄로 누군가를 위로해 주었다는 것에
기뻤다.

악플에서 선플로 옮겨지는 가슴이란 정말 별거 아닌 것이었다. 그래, 내가 받은 상처에 대한 치유는 그 누구도 아닌 나 스스로 하는 거였다. 누군가를 먼저 어루만져 주니 내 자신도 어루만져지는 거였다. 결국 내가 다는 댓글이 바로 나를 아름답게 조종하는 토닥토닥 버튼인 것이었다.

인터넷윤리 창작콘텐츠 당선작

내가 태어난 그날은

홍매화꽃 몇 잎 붉던 날이라고 했다

겨울인 듯 이른 봄이었으나

봄인 듯 아직 겨울이던 날이라고 했다

태어나자마자 두 눈 하도 땡그래

입 하나 더 늘어 어머니 한숨만 내쉬매도

그리 밉지는 않았다 했다

옥수수밥 한 덩어리 만삭 배에 밀어 넣고

씨감자 한가득 광주리에 담아 이고

이른 아침 밭두렁 뒤뚱이다 산통이 왔다 했다

삼신할매 그래도 이것이 효자가 될라나 보우

지나는 사람도 잡고 틀 문고리마저 없었어도

순풍 응애하며 순산이라 했다

'곡식 여는 밭에서 났으니 먹을 복은 있을기라.'

어머니의 젖꼭지도 매화꽃이었다는 것을

어머니의 그 나이도 봄이었다는 것을

어머니의 눈도 하도 예뻤다는 것을

어머니 죽고 나서야 겨우 알았다

내 손으로 직접 끓인 미역국 한 사발을

밥상 위에 올렸다가 또 한 사발 떠 놓는다

오늘 나는 어머니를 낳았다

아!

저 따스한 햇살 속 어딘가 하양 내 어머니

자살예방센터 상담사와의 만남

　몇 해 전 가을, 사랑하는 내 언니가 자살했다. 노란 은행잎 수런거리며 떨어지는 창문으로 언니도 그 야위고 지쳐 버린 몸을 그만 날려 버렸다. 나를 업어 키웠던 언니였는데. 미싱 돌려 받은 봉급으로 내게 연필과 공책을 사 주던 언니였는데. 세상에서 이 동생이 제일 예쁘다던 언니였는데.

　게임 중독으로 폐인이 되었던 형부가 자살한 뒤, 언니는 2년 동안이나 독한 불면증과 우울증에 시달려 왔었다. 살이 빠져 체중이 고작 39킬로그램까지 내려가도록 밥 한 그릇 제대로 삼키질 못했었다. 창밖으로 은행잎과 함께 떨어지기 전, 언니는 단 하나뿐인 제 자식조차 제대로 알아보질 못했다. 내가 입다 질려 보내 준 쑥색 스웨터를 입은 채 눈을 감아 버린 언니, 나는 이미 숨 멎은 언니의 가슴을 미친 듯 때렸다. 그리고 내 가슴도 멍이 시퍼렇게 들도록 치고 또 쳤다.

언니를 추모관에 안치한 후, 나는 매일 컴컴한 방구석에 틀어박혀 술만 마셨다. 차라리 병으로 죽지, 차라리 교통사고로 죽지. 언니의 처참한 죽음이 분초마다 떠올라 맨정신으로는 도저히 버틸 수가 없었다. 그래, 나도 죽어 버리자!

욕실 바에 허리띠를 매달아 목을 집어넣었다. 15층 옥상에 올라가 난간에도 섰다. 동맥을 끊으려 연필 칼을 손목에 가져다 댔고 수면유도제도 약국마다 들러 사 모았다. 119 구급차도 몇 번 출동했다. 하지만 나는 결국 죽지 못했다.

"네가 이런다고 무슨 소용이니? 죽은 언니가 다시 돌아오니? 과연 네 언니도 너의 이런 모습을 바라고 있을까? 저 하늘 어딘가에서 분명히 네 언니는 너를 바라보고 있을 거야."

"시끄러워! 입 닥쳐! 네가 뭘 알아? 뭘 안다고 내 앞에서 이렇게 지껄이는 거야?"

친구들의 전화번호도 내 휴대폰에서 싹 다 지워 버렸다.

그러던 어느 날, 메일 한 통이 와 있었다. 그녀는 맨 먼저 경기도에 살며 자살예방센터에서 상담사로 일하는 김○현이라 자신을 소개했고, 우연히 인터넷에 내가 올린 글을 보다 너무나 걱정되고 위태로워 편지를 썼다 했다. 휴대폰 번호도 적혀 있었다. 내가 올린 글? 생각해 보니 술에 취한 채로 얼마 전 인터넷 어딘가에 내가 글을 휘갈겨 놓은 게 있었던 듯했다.

아무튼 그녀의 메일에 나는 답장을 하지 않았다. '자살예방센터? 흥! 지들이 뭘 안다고. 겪어 보지도 않았으면서 이 큰 아픔과 고통을 대체 어찌 어루만져 줄 거라고. 교과서적인 위로 같은 거 다 필요 없다니까!'

그런데 그녀의 메일은 그걸로 끝이 아니었다. 답장도 없는 메일을 계속해서 보내왔다. 마치 내 마음을 알듯 메일에는 힘내요, 용기 잃지 마요, 파이팅… 이런 글자들은 언제나 생략이 되어 있었다. 대신 오늘은 상추쌈을 싸 먹었더니 어찌나 졸리던지, 스타벅스 커피가 너무 비싸서 천 원짜리 커피를 사 마셨는데 그것도 맛만 있더라 어쩌고, 요즘 자꾸 홈쇼핑에 눈이 가서 미치겠다는 둥, 그저 사소한 일상 이야기들뿐이었다. 그러자 메일을 읽으며 나도 모르게 미소가 새어 나왔고 또한 은근히 메일 오기를 기다리게 되었다. 그리고 역시나 술에 취해 언니 시린 가슴을 쥐어뜯고 있던 밤늦은 시간, 나는 그녀에게 전화를 걸었다. 그러나 나는 처음부터 다분히 공격적이었다.

"겪지 않으면 절대 몰라요. 그러니 어설픈 위로 같은 거 할 생각 말아요. 나는 마치 선생님이 학생 훈계하듯 하는 위로 따위 필요하지 않아요. 잘난 체 떠들어 대는 소리나 할 거면 아예 닥쳐요!"

이러한 나의 날 선 말들에도 그녀는 너무나 침착하고 고요하고 평온했다. 그저 일상 이야기나 두런두런 나누고 싶을 뿐이라는 그 나직한 어조에 시나브로 동화되어 가는 듯했다.

어쨌든 이를 계기로 그녀에게 툭하면 전화를 해 댔다. 물론 늘 술에 취한 상태로. 그런데 그녀는 단 한 번도 나를 거절하지 않았다. 밤이든 새벽이든 한 시간이든 두 시간이든 내가 마음껏 지껄이도록 해 주었다. 그렇게 한바탕 떠들어 대고 나면 나도 모르게 속이 시원해짐을 느꼈다. 조금은 살 것 같았다. 어느새 나는 그녀를 언니라고 부르기 시작했다.

그럴 것이다. 저 언니도 아마 어떠한 사연으로 아픔과 슬픔 있어 보았으니 현재 아프고 고통받는 나의 몸부림을 그대로 받아 주고 있는 것일 거다. 단지 나와 다른 일이었을 뿐, 분명히 모진 슬픔 겪었을 것이다. 고통 겪지 않고 된 신은 없듯이.

세월은 흘러 작년 이맘때였다. 어느 여성 밴드 모임에 가입을 했는데 매일 올라오는 어두운 글이 있었다. 살기 싫다, 죽고 싶다… 내가 예전에 그랬듯이 누구나 살면서 이런 마음 든 적 어디 한번 없을까마는, 그 사연이 너무나도 충격적이고 절박해 보였다. 정말 이 여자 이러다 어느 한순간 자살하는 건 아닐까? 하는 생각이 머릿속을 순식간에 까맣게 물들였다.

망설일 것도 없었다. 나는 그녀에게 연락을 했다. '겪지 않으면 절대 몰라요. 그러니 어설픈 위로 같은 거 할 생각 말아요. 나는 마치 선생님이 학생 훈계하듯 하는 위로 따위 필요하지 않아요. 잘난 체 떠들어대는 소리나 할 거면 아예 닥쳐요.' 역시나 그녀도 몇 해 전 나처럼 거의 같은 말을 했다. 나는 그녀에게 대답했다. 나는 겪었다고. 너무나 처절하게 겪었다고. 그러나 이겨 냈다고.

그때서야 그녀는 내게 조금 마음을 열었다. 그리고 잔뜩 기어들어 가는 목소리로 물었다. 어떻게 이겨 낼 수 있었느냐며.

이리하여 나는 내가 자살예방센터의 상담사로부터 도움을 받았듯이 그녀에게도 자살예방센터를 통한 상담을 권유했다. 사실인즉, 자살예방센터가 도마다 시마다, 아니 나 사는 동네에도 있다는 걸 그때 그 언니를 통하여 안 일이었다. 나는 그녀에게 언제든 자살예방센터로 연락해 보라고, 아주 상냥하게 전화도 받고 충분히 힘든 마음 털어놓을 수 있도록 해 줄 거라 했다. 물론 나의 이 같은 제의에 잔뜩 불신의 어투로 시큰둥했으나 일단 알았다고는 했다.

그리고 한 보름이 지났을까, 이번에는 그녀로부터 전화가 왔다.

"칼로 손목을 그으려다가 그냥 한번 해 보기나 하자 싶어서 자살예방센터에 전화를 했어요. 상담사분과 연결이 되어 통화를 했죠. 아주 오래 했을 거예요. 이야기를 하면서 마음은 좀 가라앉았지만 그래도 죽고 싶은 마음은 여전했어요. 그런데 전화를 끊기 전에야 상담사분이 편의점에서 야간 알바를 하고 있는 중이었다는 걸 알았어요. 아…

그 바쁜 중에도 한 치의 귀찮음 없이 내 그 너저분한 말들을 다 들어주고 계셨구나, 하는 생각이 드는 거예요. 전화를 끊고 한참을 생각했어요. 아무런 보상이나 대가 없이도 내 편이 되어 주는 사람이 이렇게 있구나 하고요. 정말 고맙더군요. 앞으로 상담사 그분께 제가 몇 번 더 전화할지는 모르겠어요."

나도 말했다.

"상담사께 전화를 한다는 건 살고자 한다는 의지일 겁니다. 상담사께 전화를 다신 하지 않는 날을 기대할게요. 아픔과 고통이 회귀한 절망의 연락 단절 말고, 상담사 도움 없이도 씩씩하게 살 수 있는 희망의 연락 단절을요. 우리 같이 삽시다. 까짓거, 살아 보자고요."

중앙자살예방센터 공모전 대상작

배롱나무꽃

피었을 때가 아니라

지고 나야 비로소

꽃의 생애와

나의 생애는 완성된다

천둥도 벼락도

다 견뎌내고

꽃잎 모두 툭 털어버린

가을날 저 즈음에야

어쩌면 누군가

꽃을 나로서 나를 꽃으로

먹먹한 창문에 기대

시 한 편 지어 줄지 몰라

그대 참 환했노라고

당신 참 어여뻤노라고

뚝뚝 그리운 생애 몇 줄

다시 또 가을 그날마다

아버지와 애호박

어머니가 돌아가시자 우리 식구는 다시 반송동으로 이사했다. 아랫반송이란 곳이었는데 미닫이문을 열면 작은 방 세 칸, 그중 한 칸엔 이미 어떤 할머니가 살고 계셨다. 나는 당시 한창 비뚤어져 껄렁거리며 돌아다닐 때였다. 툭하면 가출하고, 툭하면 파출소에 잡히고.

그날은 아이들과 대낮 빈집 털이를 하다가 경찰관에게 잡혀 파출소로 끌려갔다.

"집 전화번호 대라!"

"전화 없는데요."

"부모님 오셔야 된다. 어서 불러!"

"연락할 방법 없는데요."

경찰서로 넘겨졌다. 다른 아이들은 부모님이 싹싹 빌어 데리고 나갔

189

다. 경찰서 유치장에 들어갔다. 반나절은 있었던 것 같다.

"나와!"

형사가 나를 불렀다.

역시 형사는 형사네. 전화번호도 대지 않았는데 어찌. 아버지는 지장을 찍고 머리를 조아리고.

"또 안 봐준다!"

경찰서에서 나왔다. 아버지는 앞서 걸었다. 나 예닐곱 적 강원도 정선에서부터 입었던 갈색 후줄근한 양복을 입은 아버지가 터덜터덜.

아무 말씀 없었다. 나는 전혀 무섭지 않았다. 돌아가신 어머니 같으면 모르겠으나 아버지는 적어도, 우리 형제들에게 손찌검이니 매질 같은 걸 일체 하지 않았던 분이셨으니까.

아버지는 단 한마디 하지 않으셨다. 집에 도착해서야 방문을 열곤 내게 말씀하셨다.

"밥 먹어라!"

부엌 부뚜막엔 호박이 있었고 어묵볶음과 식은 밥도 있었다. 개미 같은 목소리로 아버지께 물었다.

"아버지 드실래요?"

아버지는 안 드신다 했다. 나 혼자만 어묵볶음에 식은 밥 한 그릇을게 눈 감추듯 먹어 치웠다. 아버지 방은 조용했다. 라디오 뉴스도 틀지 않았고 그 어떤 소리도 새어 나오지 않았다.

조금 있으면 작은오빠 올 시간, 또 조금 있으면 공장에서 언니 올 시간. 밥을 먹자마자 난, 텔레비전 옆 보이는 토큰 세 개를 들고 또다시 가출했다. 그리곤 동상동 아지트로 달렸다.

부엌에 있던 애호박 한 개, 그걸로 부침개나 만들어 아버지 방으로 갖다 드릴걸!

아버지 돌아가신 후에야 설경설경 후회했다.

분홍장미

가시가시 콕콕 박혀

차마 내보일 수 없던

그 등마저 볼 때까진

온통 사랑한다 말고

그의 등조차 못 본 한

감히 눈물이라 말고

바라던 모습 아니어도

바라보던 날들 있으니

앞에 선 채로는 그대,

밉단 말도 하지를 마라

아픈 이들에게

밤하늘 숱한 별 중에도

아픈 별은 있다네

그 빛 희미해도

반짝이지 않은 적 없단 건

척박한 땅에서도 시들지 않는

꽃들이 잘 알아

시리우스는 너무 멀고

수명을 다한 것들이

잠시 가장 빛나 보일 뿐이니

오늘 밤에도 부러워 마오

아플지언정 그대 별이

늘 반짝이고 있음을 잊지 마오

그리하여 저 별들과

너 아픈 별이

눈물 너머 이 맑은 곳에서

함께 또 반짝여야지

강물

강물의 목적지가 오직 바다라면

강가에 선 우린 얼마나 허무하겠는가

저 강물은

철철 바다 지나 휘휘 섬을 돌아

다시 우리 가슴으로 흘러오는 것이다

개가 짖던 밤

1.

사춘기가 막 시작되었던. 겨울 동백이 하얀 눈 사이로 뾰족 얼굴을 내미는 듯 내 얼굴에도 빨간 여드름이 하나둘 돋아나던. 그랬다. 1983년 겨울, 그러니까 내가 중학교 1학년 겨울방학. 그때는 희한하게 싱숭생숭 도무지 갈피를 못 잡던.

어느 날 길을 가다가 웬 오빠를 보게 되었다. 나보다는 서너 살 위인 고등학생으로 보이는 오빠였는데, 그만 첫눈에 반해 버리고 말았다. 얼굴은 가무잡잡했고 덩치는 컸으며 뒷모습 앞모습 옆모습 온통 그 오빠에게 홀딱 반해 버린 그날 저녁, 그 오빠 생각으로만 머릿속이 차서, 아니 배까지 찼는지 나는 그 좋아하던 밥도 먹을 수 없었다. 밥 같은 건 안 먹겠다 하고는 마치 헛것을 본 양 구석에서 멍하니 앉아 있는 내게 어머닌 뚱한 표정으로 말씀하셨다.

"밥 귀신이 밥도 안 먹고 왜 그런다니? 낮에 어디 잔칫집 가서 떡이라도 시루째 훔쳐 먹었든?"

"배 안 고파!"

"배가 안 고프다고? 배 속에 있던 걸신들이 다 얼어 죽었냐?"

"안 고프다고! 안 고프다니까! 나는 배가 안 고프다니까!"

제발 내게 아무런 말도 시키지 말고 그냥 내버려 두라며 집 밖으로 나왔다. 그리곤 하염없이 걸었다. 그런데 바로 저 앞에 낮에 본 그 오빠가 또다시 보이는 거였다. 나는 나도 모르게 본능적으로 오빠 뒤를 몰래 따라갔다. 혹시라도 들킬까 싶어 숨소리까지 죽여 가면서.

한 십여 분 따라가자 그 오빠는 어디론가 들어갔다. 담벼락에 바짝 몸을 붙인 채 눈을 소 눈같이 뜨고는 지켜보았다. 그 오빠가 들어간 곳은 아주 작은 교회였다. 즉, 당시의 예배당이었다.

그날 밤, 이제 나의 꿈은 오직 그 오빠를 만나는 것뿐. 어떻게 한다? 어떻게 하면 그 오빠를 만나 볼 수 있을까? 아니, 어떤 방법으로 그 오빠와 얘기라도 할 수 있을까? 이게 바로 짝사랑이란 건가? 겨우 얼굴

한 번 보고 이게 과연 가능한 감정인가? 에잇 몰라, 아 어떻게 하지? 배에서는 꼬르륵꼬르륵 소리가 계속해서 났고 밤하늘에 별들이 밥 대신 내 배 속을 채워 주고 있었다.

그리고 다음 날 아침이 밝았다. 가족들 모두 일터로 나가거나 약속이 있어 나가자, 나는 서둘러 몸단장에 들어갔다. 늘 입고 다니던 무릎 튀어나온 청바지를 과감하게 던져 버린 후, 옷 서랍장 안을 뒤졌다. 꼭 치마를 입고 싶었다.

그러나 입을 만한 예쁜 옷은 없었다. 그때까지 항상 선머슴처럼 바지나 대충 주워 입고 다녔으니. 마침 퍼뜩 생각나는 게 있었다. 그렇지, 앞집 언니한테 한번 가 보자. 지체 없이 나는 앞집 고등학생 언니에게로 달려갔다. 텔레비전을 보고 있던 언니는 내게 안으로 들어오라 했다.

"언니, 치마 있어?"
"응? 뜬금없이 무슨 치마?"

"무슨 치마는. 치마가 치마지. 치마 좀 빌려줘."
"왜? 치마 입게? 네가 치마를 입는다고? 호호호!"
"그럴 일이 있어. 그러니까 오늘 하루만 빌려줘."

2.

바로 내 눈앞에 상냥한 미소로 딱 와 서 있는 그 오빠. 오, 예수님 하나님! 진정 이 사람이 사람인 겁니까? 사람 얼굴을 어찌 이토록 잘 만들어 놓으셨나요?

"저, 저기… 이제부터… 교… 교회에 다… 다니려고요."
"오, 그래요? 잘 왔어요. 반가워요. 중학생인가?"
"네. 중… 중학생이에요."

알고 보니 그 오빠는 모 인문계 고등학교 2학년이었다. 어쨌거나 이제부터 나는 크리스천이 되는 거야.

그리 수요일과 일요일은 교회로 갔다. 절대 불교 신자인 엄마에게 들키면 곤란했다. 하여 엄마에겐 그냥 놀러 간다고 얼버무렸다. 그러나 목사님이 뭐라고 말씀하시는지 도통 귀에 들어오지 않았다. 그저 나의 눈, 나의 귀, 나의 관심은 오로지 그 오빠밖엔. 나는 어서 빨리 그 오빠와 같은 독실한 신자가 되기 위해 집에서도 다락방에 꽁꽁 숨어 그날 배운 찬송가를 속으로 불러댔다. 내게 강 같은 평화~ 내게 강 같은 평화~

그런데 그때 엄마가 틀어 놓은 염불 테이프 소리가 크게 들려 왔다.

나무아미타불 관세음보살~ 마하반야바라밀다심경~ 나무아미타불~ 아! 엄마 제발 그것 좀 끄라고요! 속으로 외치며 나는 최대한 정신을 집중시켜 계속 찬송가를 속으로 불렀다. 내게 강 같은 평화~ 내게 강 같은 ~ 나무아미타불~

내게 강 같은 평화~ 내게 강 같은~ 관세음보살~ 엄마가 틀어 놓은 염불 소리와 내가 속으로 부르는 찬송가가 뒤죽박죽되어 이건 뭐 찬송가인지 염불인지 정말 환장할 지경이었다.

어쨌든 교회를 가면서 그 오빠와는 자주 만나게 되었다. 교회에 가면 반드시 그 오빠가 있었으므로. 하지만 마음이 한편 답답해져 갔다. 그 오빠를 자주 보는 건 물론 좋지만 그저 교회 오빠 교회 동생의 관계에서 더는 발전이 없던 이유에서였다. 그냥 고백을 해 버릴까? 오빠를 좋아한다고 사랑한다고 말해 버릴까? 그러나 그럴 수도 없었다. 나는 겨우 중1이고 그 오빠는 고2나 되니까. 그래, 조금 더 시간을 가지자. 내가 중학교 2학년에 올라가고 이 얼굴에 못나게 난 여드름도 없어지면 그때 고백하자. 나 혼자 북 치고 장구 치고 난리였다.

그리고 어느 토요일 저녁, 다음날 일요일 교회에 입고 갈 마땅한 옷이 없어 앞집 언니에게 또다시 옷을 빌리러 갔다. 똑똑똑! 문을 두드렸으나 언니 대신 언니 어머니께서 나오시며 말씀하셨다.

"정아 아직 안 왔는데?"

"아, 네. 알았습니다."

그렇다면 내일 뭘 입고 교회에 가지? 뭘 입고 가야 그 오빠가 날 예뻐할까? 고민하며 앞집 문을 닫고 나와 집으로 들어가려는데 어디선가 익숙한 목소리가 들려 왔다.

3.

목소리를 따라 살금살금 다가갔다. 그러자 담벼락 아래로 길게 늘어선 그림자가 보였다. 나는 나도 모르게 귀를 쫑긋하며 엿들었다.

"정아야, 다음 주에는 우리 자전거 타러 갈까?"
"응, 좋아."
"그래, 내가 너 많이 좋아하는 거 알지?"
"응, 나도."

아! 이게 무슨 날벼락이란 말이냐. 남자는 바로 그 오빠였고, 여자는 바로 앞집 언니였던 것이다. 금세 눈물이 툭툭 떨어졌다. 행여 누구한테 들킬세라 쏜살같이 뛰어 다락방으로 기어 올라갔다. 그리고 반듯이 드러누워 다락방 좁은 창밖으로 목을 뺐다. 반짝이던 그 많던 별들 모두 어디로 간 것인지 밤하늘은 그저 시커멓기만 했다.

그 뒤로 두 번 다시 교회에 나가지 않았다. 물론 앞집 언니에게도 한동안 찾아가지 않았다. 배신한 적도 없는 이 배신자들! 세상이 온통 무너지는 것 같았다. 밤하늘의 별들조차 나를 보며 반짝여 주지 않았다. 쓸모없는 여드름이나 더 몇 개 돋아났다.

잠깐의 짝사랑이었지만 그 오빠를 잊는 데는 아주 많은 시간이 걸렸다. 교회 쪽이 아닌 길로 일부러 돌아간들 가끔 보이던 야속한 그 오빠. 이미 임자 있는 몸인 줄 뻔히 알면서도 바보 같은 내 심장은 여전히 뛰고 있었다. 갑자기 소원해진 나를 보며 정아 언니가 이유를 물었으나 나는 절대 그날의 일을 말하지 않았다.

그러던 어느 날, 저만치서 걸어오고 있는 그 오빠를 발견했다. 서둘러 몸을 피하려 했는데 그 오빠가 나를 불렀다.

"너 왜 요즘 교회도 안 나오고 그래?"
"그… 그냥요."

너덜너덜 배신당한 심장이건만 바보처럼 또 뛰었다.

"나 지금 성경 공부하러 어디 가는데 같이 가지 않을래?"
"저는…. 음… 안… 안…."

4.

나는 그 오빠를 따라가지 않았다. 그리고 저녁이었다. 정아 언니가 나를 찾아왔다.

"나 사귀던 남자친구랑 얼마 전에 헤어졌다."

이 무슨 말이란 말인가. 그럼 둘이 끝났다는 거잖아. 난 속으로 야호 외쳤다. 정아 언니의 쓸쓸한 얼굴 따위 관심도 없었고, 아니 그러한 정아 언니의 표정이 너무나 기뻤다. 내게 다시 기회가 온 것이다. 이것은 분명히 주님의 뜻인 것이다.

다시 또 며칠 후 그 오빠와 마주쳤다. 전처럼 지금 성경 공부 하러 가는데 같이 가잔 말을 했다. 나는 조금도 망설이지 않았다. 어찌 찾아온 기회인데.

그 오빠를 따라간 곳은 웬 허름한 집이었다. 방문을 여니 다른 교회 오빠들 서넛이 이미 와 있었다. 나를 보곤 모두 반색했다. 아주 많이 서먹했지만 그 오빠와 함께 있는 곳이라면 어디라도 좋았다. 잠시 후 오빠들은 각자 성경책을 펼쳐 놓고 본격적으로 성경 공부에 들어갔다. 나는 그저 옆에서 멀뚱멀뚱 앉아만 있었다.

한 20분이 흘렀을까. 그 오빠가 자리에서 일어났다. 그리곤 밖으로 나가더니 내게 조용히 나오라는 손짓을 했다. 나는 냉큼 일어나 그 오빠를 따라갔다. 그 오빠를 따라간 곳은 한 몇 미터 떨어진 다른 방이었다. 그 오빠는 굉장히 상기된 얼굴이었다. 혹시 정아 언니와 다시….

왜 이 오빠가 나를 따로 불렀을까. 머릿속엔 온갖 생각들이 밀려들었다. 정아 언니와 내 사이를 어찌 알고 둘 사이를 다시 이어주게끔 다리 역할 좀 해 달라는 건 아닐까? 아니면 정아 언니와 재회를 바라는 편지라도 대신 전해 달라고 내게 부탁하려는 게 아닐까?

그런데 난데없이 그 오빠가 방문을 걸어 잠갔다. 방문까지 철저하게 걸어 잠그고 진행해야 할 일이란 과연…. 그 오빠의 낯빛이 달라졌다. 그 오빠의 숨소리가 이상해졌다. 영문을 모르고 앉아만 있던 나는 뭔가 불길한 생각이 들기 시작했다. 순식간이었다. 그 오빠는 내 어깨를 강하게 끌어당겼다. 그리곤 입을 내 얼굴에 갖다 댔다.

"오… 오빠! 왜… 왜… 이러…."
그러자 그 오빠가 말했다.

"나 사실 전부터 널 좋아했어. 네가 좋아서 이러는 거야. 괜찮으니까 가만히 있어!"

5.

그리곤 더욱더 강한 힘으로 나를 끌어당겼고 우악스럽게 내 가슴을 움켜잡았다. 아직 채 여물지도 않은 나의 젖가슴이 너무나 아팠다. 잘못된 일이다. 이건 분명히 잘못된 일이다.

나는 있는 힘을 다해, 사력을 다해, 필사적으로 거부하고 반항했다. 그러나 그 오빠의 나머지 한 손은 나의 입을 틀어막고 있었다. 거부하고 반항하는 나의 비명은 그저 내 목구멍 속에서만 외쳐댔다.

이어 그 오빠는 나를 쓰러뜨렸다. 여전히 한 손으론 내 입을 틀어막은 채 다른 한 손이 내 바지 지퍼를 내리려 했다.

"안… 안 돼요! 안… 제… 발!!"

눈물범벅이 된 얼굴로 마치 곧 숨 멎을 고등어처럼 팔딱댔다. 나는 거의 힘을 잃어갔다. 더는 반항할 기운이 남아 있질 않았다. 바지는 이미 찢어질 듯 벗겨져 나가고 있었다.

그런데 바로 그때, 정사각형 아주 작은 창문 밖에서 개가 짖었다. 점점 더 크게 짖었다. 걸어 잠근 문고리가 떨어져 나갈 정도로 짖었다.

그러자 반대편인지 어딘지는 몰라도 '저 개새끼, 시끄럽다!' 하는 아저씨의 고함소리가 들려왔다. 결국 그 오빠는 흠칫하더니 하던 짓을 멈췄다.

개 짖는 소리와 아저씨의 고함소리에 곧 성경 공부하고 있던 다른 오빠들도 이 방으로 올 것만 같았다. 나는 덜덜 떨리는 몸을 일으켰다. 그리곤 더 떨리는 손으로 바지를 올렸다. 허둥지둥하던 그 오빠가 내게 말했다.

"오늘 이 일, 누구에게도 말하면 안 돼!"

뼈라곤 없는 사람처럼 넘어지고 자빠지며 나는 거기서 뛰쳐나왔다. 눈이 퉁퉁 부어 앞도 보이지 않았다. 한참을, 어딘지도 모르는 길로 한참을 그리 뛰고 또 뛰었다. 그러다 풀썩 주저앉았다. 저만치 교회 십자가가 보였다.

'나는 이제 절대로 하나님 같은 건 믿지 않을 것이다. 차라리 개를 믿을 것이다!'

걸었다. 무작정 걸었다. 여전히 내 두 다리는 후들거리고 있었지만 계속 걸었다. 간간히 집집마다 개 짖는 소리가 들려왔다. 개 짖는 소리가 들려올 때마다 나는 조금씩 정신이 들었다. 마음속으로 생각했다. 좀 더 짖어 달라고. 더 크게, 더 오래, 내가 완전히 이 악몽에서 벗어날 때까지만 제발 계속 그리 짖어 달라고!

6.

반송에서 금사동으로 오는 버스를 탔다. 어떻게 탔는지 모른다. 어떻게 내렸는지도 모른다. 여전히 정신 반은 나간 상태로 도착을 하니 집 앞이었다. 나는 오늘 내가 당한 일을 영원히 비밀로 해야 한다. 그 누구에게도 발설할 수 없는 것이다. 엄마에게도 절대! 아버지 오빠들에게도 절대! 일주일에 한 번 오는 기숙사 언니에게도 절대! 말해 본들 '니가 칠칠맞게 행동을 하고 다니니 그렇지.' 할 것이다. 어쩌면 엄마로부터는 대갈통이 박살 나도록 후려 터질지 모른다. 아무리 열네 살이지만 이게 1983년의 시대라는 걸 머리 똑똑한 내가 모를 리 없다. 그 머리 똑똑한….

녹슨 대문을 삐그덕 열려는 순간이었다. 뒤에서 누가 내 어깨를 툭툭 쳤다. 정아 언니였다. 정아 언니 얼굴도 보기 싫었다. 아니 역겨웠다. 왠지 그 오빠와 한패일 거 같은, 똑 닮은 그렇고 그런 인간인 거 같은. 대문을 열지도 닫지도 못한 채 우물쭈물 서 있는 내게 정아 언니가 말했다.

"어디 갔다 와?"

"응… 그… 그냥…. 친구 집… 에."

"너 얼굴이 왜 이래?"

"아, 아니야."

"운 거 같은데? 무슨 일 있어?"

"아니라니까!"

정아 언니는 손에 들고 있던 비닐봉지에서 귤 세 개를 꺼내 주며 다시 말했다.

"갑자기 먹고 싶어 사 왔어."

정아 언니가 건네준 밀감 세 개를 손에 쥐고 단칸방으로 들어갔다. 마침 집에는 아무도 없었다. 얼마나 다행인지 모른다. 마치 수배령 떨어진 범죄자인 듯 눈썹 하나 숨소리조차 아무에게도 들키고 싶지 않았기 때문이다.

나는 곧장 다락방으로 기어 올라갔다. 나를 좀 더 은닉시키고 싶었다. 세상의 불결(不潔)로부터 최대한 차단되고 싶었다. 밀감 세 개를 다락방 바닥에 내려놓았다. 그리곤 웅크린 채 빤히 보았다. 왜였을까, 우리 세 사람의 얼굴을 밀감에다 투영시킨 이유는.

나는 오늘로써, 아니 그 정사각형 창문 방에서부터, 첫사랑을 '첫사랑'이라 띄어쓰기로 했다. 결코 붙여 놓을 수 없다. '첫'이라는 관형사와 '사랑'이라는 명사를. 또한 더는 그 오빠도 아닌 악마. 그 악마가 내게 한 짓이 정확히 뭔지 몰라도 분명 나쁜 짓임에는 틀림없었다. 언젠가 TV 연속극에서 보았던 장면과 너무나 흡사했으니까. 연속극 속에서 여주인공은 아까 내 모습과 완전히 같았으니까. 가슴이 전부 박살나 버렸다. 사춘기가 통째 아작 나 버렸다.

꼼짝도 없이 다락방에서 웅크리고 있는 그때, 어디선가 큰 고함소리가 들려왔다. 본능적으로 나는 머리를 창문 밖으로 뺐다. 엎어지면 코 닿을 바로 앞 정아 언니 집에서 나는 소리였다. 정아 언니 엄마는 아주 화가 많이 난 듯했다.

"이년이 미친 거 아이가? 귀때기도 시퍼런 년이 아랫도리를 어디 가서 함부로 벌리고 다닌기고? 아이고, 즈그 아버지요, 야가 몸 파는 년이 될라는가베요."

7.

정아 언니 엄마는 제 몸에 시너를 뿌리고 불에 타 죽었다던 정아 언니 아버지까지 들먹이며 난리 쳤다. 이윽고 정아 언니가 울며 밖으로 뛰쳐나갔다.

그리고 며칠 후였다. 저편에서 그 악마의 모습이 보였다. 그런데 옆에는 우리 작은오빠가 있었다. 어찌하여 저 악마와 작은오빠가 함께 있는 것일까. 저 악마, 작은오빠보다 한 살 위인데. 그렇다면….

나는 서둘러 담 옆으로 몸을 숨겼다. 죄를 지은 사람은 오히려 당당하고, 해를 입은 사람이 도리어 숨어야 되는구나. 이런 게 세상인 걸까. 이러한 부조리들 속에서 앞으로도 과연 살아가야 하는 걸까. 담장 기왓장 하나가 와자작 금 가는 소릴 내고 있었다.

다른 사람들 사이에선, 그리고 교회 안에서는 특히, 모범 중 모범을 보이는 저 악마. 도대체 폭력조직 똘마니인 내 작은오빠와 어떤 관계일까. 도무지 어울릴 수 없는 둘의 조합이 아닌가.

아주 살짝 사실은 든든했다. 작은오빠가 온몸에 문신투성이인 행님들을 데리고 와 저 악마를 흠씬 두들겨 패는 상상. 그러나 나는 이내 고개를 흔들었다. 그 일을 알고 나면 아마도, 작은오빠는 나 먼저 다리 몽둥이를 댕강 부러뜨려 놓을 테니까. 어쩌면 두 번 다신 싸돌아다니지 못하도록 머리마저 박박 밀어버려 놓을 테니까.

물어볼 수도 알아볼 수도 없는 궁금증이 더해만 갔다. 더군다나 어디서 숙식을 하는지 가뭄에 콩 나듯 한 번씩 다녀가는 작은오빠였으므로 눈치를 살필 기회조차 없었던 것이다.

그러는 사이, 앞집에선 또 몇 번이나 큰 소리가 와장창했다. 죽이니 살리니 너 죽고 나 죽자며 정아 언니 엄마는 악을 써 댔고, 정아 언니는 그럴 때마다 밖으로 울며 뛰쳐나갔다. 대문 옆에서 토악질을 하는 것도 몇 번 보았다.

다시 어느 날이었다. 근 열흘 만에 작은오빠가 집으로 왔다. 지금이 아니면 내 궁금증은 영영 못 풀지 몰라. 그런데 어떻게 물어본다지? 절대 그 일을 들키지 않고 물어볼 방법이 뭘까? 나는 용기를 냈다.

"오빠야, 요즘 교회 다니나?"

"교회? 뜬금없이 교회라니?"

"아니 전에 저 밑 ○○교회 다니는 고등학생 오빠하고 같이 있는 걸 본 거 같아서."

"누굴 말하는 기고?"

"나… 나도 누군지는 몰라. 그, 그냥…."

"뭔 헛소리고? 근데 ○○교회라면 김○남 말이가?"

또렷하게 이름을 듣는 순간 심장이 바닥까지 떨어질 것 같았다.

"어? 어… 이름이야 내가 모르지. 오빠는 어떻게 그 오빠를 아는 기고?"
"일요일마다 같이 공 찬다 아이가. 근데 니가 와? 김○남을 아나?"
"아니! 난 몰라! 모른다고!"

갑자기 소리를 빽 지르는 나를 보며 작은오빠가 고개를 갸우뚱했다. 그러고 보니 작은오빠나 그 악마나 완전히 축구광이었다. 아무리 그래도 그렇지 모범생과 건달이 함께 공을 찬다고?
바로 그때 또 시끄러운 소리에 놀라 밖을 내다보니, 정아 언니가 정아 언니 엄마에게 머리채를 잡힌 채 질질 끌려 나가고 있었다.

8.

그렇게 정아 언니는 낙태 수술을 했다. 정아 언니 어머니가 어떤 놈의 씨냐고 그리 닦달했으나 절대 말하지 않았다. 또한 다니던 학교도 자퇴했다.

밤마다 대문 근처에선 울음소리가 났다. 정아 언니가 운 것인지 아닌지는 잘 모른다. 열두 가구 단칸방, 거기서 웃고 사는 사람은 단 한 명도 없었으므로. 모두가 가난에 찌들고 병에 찌들고 배신과 핍박만이 공동변소 구더기처럼 드글거리는 삶이었으므로.

이제는 그만 잊자 했다. 정아 언니가 모든 걸 잊고 공장으로 떠난 것처럼, 나 역시 첫사랑도 그 악마도 다 잊자 했다. 분명히 나의 억울함은 무뎌질 것이다. 처박아 두고 찾지 못하는 칼날처럼 도끼날처럼 녹슬 것이다.

그러나 아니었다. 잊자 할수록 더욱더 선명해졌다. 어쩌다 가끔 먼발치에서 보게 되는 그 악마의 실루엣! 내 심장의 칼집에선 여전히 칼날이 번뜩였다. 조금도 무뎌지지 않은 채였다. 나는 그때 알았다. 사용하지 않더라도 잘만 간수해 놓으면 칼이란 무엇이든 벨 수 있는 거라고. 그래, 나의 증오와 복수심은 아주 잘 간수되어 있었다.

하지만 그래본들 열네 살에서 고작 한 살 더 먹은 열다섯이었다 나는 정아 언니를 임신시켜 낙태까지 시키고, 또 나마저 강간하려 했던 저 거대한 악마를 무너뜨리기엔 너무나 어린 나이였다.

그즈음 어머니가 돌아가셨다. 병원으로 후송된 지 딱 두 달 만이었다. 어머니를 잃은 슬픔에 젖은 사이 잠시 그 악마는 칼집 속으로 들어가 있었다. 그리고 어느 날, 정아 언니가 집으로 왔다. 아주 온 건 아니고 잠시 들른 거라 했다. 정아 언니와 나는 집 뒤편 연고 모를 봉분들 우글대는 곳에 가 앉았다.

"언니, 그동안 어떻게 지냈어? 공장 일은 할 만해? 기숙사는 어떻고?"
"나? 공장 안 다닌 지 한참 됐다."
"그럼 뭐 해?"

야릇한 미소를 띠며 정아 언니는 주머니에서 담배와 성냥을 꺼냈다. 그리고 노련한 스킬로 담뱃불을 붙였다. 초저녁 밤하늘 별들도 정아 언니의 담뱃불에 놀랐는지 죄다 사라져 버렸다. 백솔 담배를 빨며 정아 언니가 다시 말했다.

"나 다방에서 일해."

9.

정아 언니는 다방으로 돌아갔다. 다른 언니들과 다방에서 숙식을 한다 하니 귀가하듯 돌아갔다고 하는 게 맞다. 다방이란 과연 어떤 곳일까? 커피 율무차 쌍화차 인삼차… 그냥 그런 것만 마시는 데일까? 아무래도 아닌 거 같다는 생각이 들었다. 정아 언니의 야릇한 옷차림이, 정아 언니의 변한 말투가, 또 정아 언니의 담배.

세상 모든 것이 틀어져 버린 것 같았다. 그 악마, 그 기억, 정아 언니, 무릎 화상, 어머니 죽음. 나는 비뚤어졌다. 너무나 단시간에 비행 청소년이 되었다.

가출을 했다. 징글징글한 구더기 단칸방에서 탈출했다. 집을 나온 나는 무리들 속에서 완벽한 우두머리가 되었다. 보스 기질을 타고난 내 성격도 성격이거니와, 작은오빠의 후광을 입어 다른 껄렁거리는 선배들조차 함부로 나를 건드릴 수 없기 때문이었다.

어쨌든 작은오빠의 눈에 띄는 날 그 자리에서 최소 사망이다. 그러했으므로 작은오빠가 노는 구역에선 절대 얼쩡대지 않았다. 작은오빠는 눈에 불을 켜고 나를 찾으려 했지만 귀신같이 요리조리 피해 다녔다.

그리고 패들과 골목을 누비던 어느 날, 뒤에서 누군가 나를 불렀다. 정아 언니였다. 정아 언니는 손에 커피포트와 커피잔을 싼 보퉁이를 들고 있었다.

"너 집 나왔니?"

"응. 언닌 이 근처 다방에 있어? 어딜 갔다 오는데?"

"나? 난 배달 다녀오지. 근데 니가 왜? 너 공부도 잘하고 그랬잖아."

"공부만 잘하면 뭘 해. 집구석이 그 모양인데."

"에휴, 그래도 너까지 이러면 어떻게 해. 세상이 얼마나 무서운데."

너까지란 말, 이 말은 이미 정아 언니가 무서운 세상 속에서 살고 있다는 의미인 것이다. 괜찮다. 세상이 아무리 무서운들 나도 어차피 언니처럼 악마를 경험했잖아. 하마터면 그 악마를 언급할 뻔했다. 정아 언니의 임신과 낙태 수술에 대해 자세히 물어볼 뻔했다. 나는 정아 언니에게 말했다.

"언니 일하는 다방 구경하러 가도 돼?"

"이 친구들도 같이?"

"아니, 나 혼자."

"그래, 가자."

잠시 다른 곳으로 가 있으라며 패들을 보냈다. 그리고 정아 언니를 따라갔다. 퀴퀴한 곰팡이 냄새 진동하는 좁은 계단을 타고 지하로 내려갔다. 얄궂은 소파 몇 개 놓인 홀, 남자 하나가 옆에 앉은 한복 차림의 여자 젖가슴을 마구 주무르고 있었다.

10.

한복 입은 여자는 얼른 반이나 풀어졌던 젖가슴을 모으며 소파에서 일어섰다. 남자는 못마땅한 표정으로 나를 연신 훑으며 뿔뿔 담배만 빨아댔다.

온갖 너저분한 잡동사니로 둘러싸인 먼지 폴폴 구석 자리, 정아 언니는 야쿠르트 두 개를 들고 와 내 앞에 앉았다. 저쪽에서 남자는 주방으로 가 있는 한복 여자에게 어서 다시 오라는 듯 손짓하고 있었다. 그들과 나 사이엔 기다란 수족관이 놓여 있었다. 관상어 비릿한 비늘 사이로 언뜻언뜻 남자와 한복 여자가 보였으나 나는 외면했다. 그 악마와 똑같은 염색체!

야쿠르트 한 개를 내게 밀어주며 정아 언니가 먼저 말했다.

"너 이러고 돌아다니면 안 돼!"

"왜? 왜 안 되는데? 언니도 집 나와서 이런 일 하고 있잖아."

"나야…. 아무튼 넌 집으로 가라. 공부도 계속해야지."

"싫어. 공부도 싫고 집도 싫고. 그런데 언니 여기서 돈 많이 벌어?"

"공장보다야 당연히 돈 많이 벌지."

"언니 엄마는 모르시지?"

"응. 알면 날 죽일걸?"

나는 자꾸만 언니의 임신과 낙태, 아니 더 솔직히 말하자면 그 악마
와 있었던 일들에 대해 듣고 싶었다. 하나도 빠짐없이 모조리 듣고 싶
었다. 어쩌면, 정아 언니와 내가 이제부터 한배를 타고 그 악마를 난도
해 버릴 모의를 꿈꿨는지도 모른다. 작은오빠와 그랬던 것처럼 마치
지금이 아니면 영영 기회가 없을 것 같았다. 하여 나는 작정하고 말을
꺼냈다.

"언니, 있잖아. 저기… 언니 사귀던 그 고등학생 오빠 말이야."

"어? 그걸 네가 어떻게 알아?"

"으응. 우연히 전에 담장 아래서 둘이 이야기하는 걸 들은 적 있거든."

"그렇구나. 근데 왜?"

"그 오빠 어땠어? 왜 헤어지게 된 거야?"

바로 그때, 원 없이 여자의 젖가슴을 주물 대던 남자가 나갔다. 한복
여자는 테이블에 놓여 있던 커피잔도 치우질 않고선 냉큼 우리 곁으
로 다가왔다. 그리고 커다란 젖가슴을 팔짱으로 감은 채 내게 말했다.

"너 몇 살?"

"열다섯 살인데요?"

"이쁘게 생겼네. 분칠 좀 하면 아가씨 같겠다. 너 집 나왔지?"

"네? 네."

"자는 곳은 있고?"

"아… 아니요."

"그럼 여기서 박 양 언니와 같이 일 안 할래?"

"제… 제가요?"

11.

따깍따깍 요란하게 계단 내려오는 소리가 들려 왔다. 그야말로 화장 떡칠한 웬 언니가 다방 문을 열고 들어섰다. 그 언니는 곧장 주방으로 가 배달 보자기를 신경질적으로 풀며 시끄럽게 떠들어댔다.

"마담 언니! ○○전파상 방금 쳐차 값은 외상이래요. 장부에 달아 놓으래. 씨x! 외상 시켜 처마시는 주제에 쭈물탕은 왜 놓고 지랄이야."

그러자 한복 여자가 그 언니를 불렀다. 껌을 짝짝 씹으며 그 언니는 우리 옆으로 왔다. 그리곤 나를 같잖은 듯 째려보더니 한복 여자에게 물었다.

"마담 언니, 얘는 누구예요?"
"내일부터 너희들이랑 여기서 같이 일할 애야."
"얘는 박 양보다 더 어린 거 같은데?"
"아니다. 오늘부터 바로 일하는 게 좋겠다. 어디 잘 데도 없다면서."

정아 언니는 한복 여자와 나를 번갈아 눈치만 슬금슬금 볼 뿐 아무 말 하지 않고 있었다. 마치 한복 여자가 말하는 모든 것이 이곳에선 법인 듯했다. 절대 거역할 수 없는 막강한 권력인 것 같았다. 이어 한복 여자가 다시 명령했다.

"조 양아, 너 옷 좀 가져와 봐. 얘한테 어울릴 만한 걸로 골라서."

한 스무 살 정도의 조 양은 이내 다방에 달린 방으로 가더니 옷을 가져왔다. 목이 푹 파진 블라우스와 팬티까지 다 보일 정도로 짧은 미니스커트였다. 조 양이 건넨 그 옷을 받아 든 한복 여자는 나더러 당장여기서 입어 보라 했다. 나는 입기 싫었다. 정말 입기 싫었다. 하지만한복 여자는 거의 강제로 내가 입고 있던 옷을 벗겼다. 똑같았다. 그악마와 하는 짓이.

순식간에 바지가 무릎 밑으로 떨어졌다. 나는 왜 아무런 반항도 하지않는 건가. 그 악마가 내 바지를 벗기려 할 때처럼 어찌하여 사력을 다해 반항하지 않고 가만히만 있는 건가. 한복 여자나 나나 같은 여자라서? 아니면, 반항의 힘을 그 악마에게 이미 그때 다 소진한 까닭에?

"으악! 이게 뭐야?"

한복 여자가 흉측한 내 무릎을 보더니 대번 소릴 질렀다. 나는 돌처럼 그대로 굳어 있었고 정아 언니가 나 대신 대답을 했다.

"애 화상 입어서 그래요."

내 무릎에는 감히 손도 갖다 대지 못하고선 한복 여자가 말했다.

"너 치마 입으면 안 되겠네. 징그럽다고 손님들 다 떨어져 나가겠다."

그렇구나. 나는 징그러운 사람이구나. 남자에게 젖가슴을 마음껏 주무르게 한 당신은 징그러운 사람이 아니고 내가 정작 징그러운 사람인 거구나.

스스로 바지를 올려 입었다. 한복 여자는 얘기 다 했으면 어서 가라 종용했다. 다방 밖까지 정아 언니가 따라 나왔다. 그리곤 내게 5천 원짜리 지폐 한 장을 주며 말했다.

"내가 가진 돈이 이것밖에 없어. 세상 험하니까 그만하고 어서 집으로 들어가라. 우리 엄마한텐 절대 비밀이다. 꼭!"

5천 원을 주머니 깊숙이 넣고 터벅터벅 걸었다. 아이들은 지금 어디에 있는 거지?

12.

껄렁껄렁 아지트에 아이들이 모여 있었다. 나는 먼발치에서 그 모습을 한참이나 바라보았다. 이백 원짜리 청자 담배, 속담배도 아직 피질 못하는 아이들, 기도로 빨려 들어가지 못한 담배 연기는 뭉텅뭉텅 밖으로만 뱉어졌다. 퉤퉤 침과 함께.

문득 돌아가고 싶어졌다. 그 악마를 만나기 전으로. 화가를 꿈꾸고 작가를 꿈꾸던 내 모습으로. 더러운 이드(id)에 짓밟힌 적 없었던 순수한 나의 자아로.

나를 발견한 아이가 뛰어왔다. 그러자 다른 아이들도 쪼르르 달려왔다. 나는 대장이었으니 대장으로서의 위엄을 지켜야 한다. 너희들을 배신하고 돌아갈 일은 절대 생기지 않을 것이다. 입을 앙다물고 즉각 주머니에서 정아 언니가 준 5천 원을 꺼내 보이며 말했다.

"배고프다. 뭐 사 먹으러 가자."

당연히 바른 계산으로 배를 채울 생각일랑 없었다. 떡볶이집 주인아주머니가 어서 보란 듯 일부러 5천 원을 옆에 올려놓고 먹었다. 이미 우리가 먹어댄 것은 5천 원어치를 훌쩍 넘겼다. 주인은 또 돈이 있나 보다 여겼는지 오뎅 꿰는 일에만 정신을 팔고 있었다.

이때다! 내 손짓 한 번에 일제히 아이들은 도망쳤다. 그리고 제일 마지막으로 나도 냅다 도망쳤다. 고함을 치며 주인이 따라왔지만 달리기 선수였던 내가 결코 잡힐 리 없다. 이로써 오늘도 먹고땅 하이방 성공!

밤이 깊어졌다. 잘 곳을 찾아야 했다. 동상동 오차 골목을 뒤졌으나 마땅한 빈집, 빈방은 없었다. 다시 골목을 나왔다. 마침 바로 앞 독서실 옥상 빨랫줄에 널려 있는 이불이 보였다.

옥상으로 오르는 계단에 막 발을 디디려 하자 누군가 내 이름을 불렀다. 종하 오빠였다. 하얀 얼굴에 여드름투성이의 종하 오빠는 그 교회 학생부 지도자였고, 종하 오빠 아버지는 다름 아닌 목사님이었다.

"오랜만이네. 너 왜 이렇게 다녀?"

"그… 그냥요."

"에휴, 이러면 안 돼. 밥은 먹었어?"

"아니…."

"라면이라도 사 줄까?"

"괜… 괜찮아요."

"그러지 말고 가자. 배고플 거 아니니."

항상 돈을 지니고 다니던 오빠였다. 그러기에 분명 라면만 사 주고 끝내지는 않을 거란 생각이 들었다. 그렇더라도 아이들 모두 데려갈 수야 없었다. '그래, 라면부터 먹은 후 돈을 좀 얻어서 애들에게 갖다 주면 돼.'

나는 아이들에게 먼저 옥상으로 가 있으라 명령했다. 그리곤 얌전하기 짝이 없는 걸음걸이의 종하 오빠를 뒤따랐다. 하지만 너무 늦은 시간 탓이었을까, 문 열린 분식집이라곤 눈에 띄질 않았다.

한참 만에야 겨우 불 켜져 있는 가게 한 곳을 찾아냈다. 그런데 종하 오빠가 가게 문을 밀려는 그때, 누군가 안에서 먼저 밖으로 열었다.

13.

그 악마였다. 종하 오빠와도 우연인 것 같았다. 왜 또 마주쳤단 말인가. 그리 피해 다녔건만 왜 하나님은, 아니 왜 하늘은, 저 악마와 나를 완벽하게 분리해 놓지 않은 건가.

라면 같은 건 먹지 않아도 된다. 그러니 나 빨리 뛰어야 하는데, 무전취식할 때처럼 마구 달려야 하는데, 이 악마로부터 서둘러 멀어져야 하는데. 그러나 발을 꼼짝할 수 없었다. 엄마! 도망칠 능력 상실한 나의 바이털 사인을 빨리 되살려 줘!

종하 오빠가 그 악마에게 말했다.

"마침 잘 됐다. 아버지가 불러서 교회 가던 길이거든. 얘 라면 좀 사 줘라."

종하 오빠는 갔다. 나 또 악마 앞에 있다. 라면을 사 준다 했지만 사양했다. 그만 가 볼 거라고 뿌리쳤다. 그런데 악마가 내 손을 덥석 챘다. 배고픈 짐승의 앞발처럼 사납게 잡아당겼다.

그리 순식간에 끌려간 곳은 불빛 하나 없는 빈집이었다. 몸에 닿는 콘크리트 차가운 벽과 바닥과 얼굴에 들러붙는 거미줄, 악마의 두 눈이 번쩍이기 시작했다.

나는 그 악마로부터 그렇게 도륙되었다. 창문도 없었다. 더는 개도

짖지 않았다. 아직 채 새살 돋지 않은 오른쪽 무릎이 갈기갈기 찢겼고, 엄마 잃은 심장까지 발기발기 찢겼다. 바지 지퍼를 올린 후 어디 가서 라면이나 사 먹으라며 그 악마가 던져 주고 간 천 원짜리 지폐 한 장, 그리고 어둠에 가려진 핏자국.

부산시 금정구 서동 금○교회
이름 김○남

영원히 '첫'과 '사랑'을 붙여 쓸 수 없게 만든 악마, 나는 지금도 그 악마를 찾고 있다. 너는 기억나지 않는다고? 걱정 마라, 내가 너무나 선명하게 기억하고 있으니. 반드시 너를 찢어 놓을 것이다. 세상 모든 개들이 너를 향해 짖어댈 것이다.

제보 바람

끝

바람꽃

너의 횡단을 금한다

너의 시간을 멈춘다

치장한 눈물을 거부하고

입력된 이름을 지운다

오직

세상이 무심한 너만을

나의 호흡

나의 고요

나의 독백 속에 허락한다

빈 몸으로 서성이라

우련한 사랑을 끝마치고

미련의 보초를 철수하고

그대 그저 몇 날 바람으로

예서 흔들리다- 말라

목련 나무 아래서

거룩하게 아름다울 한 시절을 위하여

단단한 슬픔 몇 개 멍울멍울 다지고 있는

목련 나무 가지 사이 아직 겨울바람이 분다

꽃봉오리 툭툭툭 터져버리면

더 아파해야 할 사유를 완결 짓지 못하고

하얀 추억과 교환될 서러운 이별 이야기

그리 또 하나의 눈물을 숨긴 채로

봄빛 화사하게 깡충거리며 영접해야 하는

사랑, 다시 슬픔이 되어 겨울을 견뎌낼 사랑

나의 블로그 이웃

　가장 연장자는 75세, 제일 어린 사람은 마흔 몇, 위로 아래로 대충 평균 나이 예순.

　내 블로그 이웃이다. 정확히 말하자면 그저 이웃 아닌, 매일 내가 올린 글 밑에다 댓글로 소통하며 웃고 웃는 그런 집합이다. 거의가 내일은 국민가수 오디션 1위를 차지한 박창근 팬 카페에서 만났다.

　삶의 슬픈 비늘들로 들숨과 날숨을 호흡하고
　삶의 아픈 조각들로 음표와 음계를 그려내고
　나이 나이 마디 마디 빼곡히 들어찬 사연 있어
　먹먹한 저 바람 한 줄마저 노래에다 실어주고

우린 너나없이 박창근 노래를 들으며 비슷한 감성의 결로 어우러졌다. 슬픔이면 같이 눈물 흘려 주고 기쁨이면 역시 함께 즐거워했다.

온갖 것들 아무런 바람 없이 내게 보내 주기도 하신다. 과일이며 고기며 생선이며 화장지며 쌀이며 영양제며 안마기며 하다못해 우리 강아지들 장난감까지….

눈물뿐인 인생, 지금껏 살아오는 동안 솔직히 '정말 감사한 인연'이라 여겼던 적 별로 없었다. 그런데 정말 귀한 사람들을 만났다. 이들 모두는 나의 부모 같고 나의 언니 같고 나의 '나'와도 같다.

꽃길만 걷는데도 가시에 찔린다면
가시밭길 걷다가도 꽃을 만나겠지

어느 날 산책길에서 쓴 두 줄이다. 이분들 모두는 가시밭길 걷다 만난 꽃이다. 명백히 전부 다 아름답고 향기로운 꽃이다. 또한 오늘도 내일도 나 살아갈 수 있게 하는 힘이자 희망이다.

가수 박창근이 나이 쉰 줄 들어서야 드디어 빛을 보고 있듯, 나도 이제는 꽃길을 걸으며 사랑에 하나씩 보답하며 살고 싶다. 꼭!

이웃의 한마디

잊었던 시절을 생각나게 해주는 보름달처럼 푸근한 글, 항상 따뜻한 글로 독자들을 행복하게 해줘서 고맙습니다.　　　　　-한걸음한걸음 이웃님

작가님의 글을 접하면서 석사학위 받은 걸 자랑해대던 제 자신이 부끄러웠습니다. 가난도 모르고 모든 걸 부모님께 얻어 써온 제 자신이 더욱 더 부끄러웠습니다. 작가님은 60평생 제가 만나온 사람 중 단연 최고십니다. 진심으로 존경합니다.　　　　　-박홍석 이웃님

장 작가님의 글은 이제 막 글을 쓰기 시작한 제게 길잡이고 지침서이며 선생님과 같았습니다. 운 좋게 공모전에 한 번 입상해 자칫 우쭐해하고 교만했을지도 몰랐던 저는, 작가님을 만난 후 문학의 세상이 얼마나 넓은지를 알게 되었습니다. 겸손과 경험 그리고 노력이 좋은 글에 기본임을 알게 해주신 장 작가님께 진심으로 감사드립니다.　　　－김나형 이웃님

'인연이라고 하죠. 거부 할 수가 없죠.' 어느 노래가사처럼 서로 인연이 되려고 이리 모여들었나 봅니다. 작가님 덕분에 작년 한해 정말 즐겁고 위로받고 또 많이 웃었어요. 늘 따뜻한 장작불 같은 글로 온기를 전해주시는 장미자 작가님 응원합니다.　　　－푸우 김정애 이웃님

그럼에도 이렇게 살아내신 작가님을 응원합니다. 이제 생의 절반 어차피 흘러가버린 시간들, 아프던 상처들일랑 기억 저편에 다 묻어 버리고 더는 울지 않을 '미자'를 응원합니다. 아름답고 빛나는 날들만 함께 할 거라 믿습니다.　　　－마리아 이웃님

작가님의 글을 처음 만나던 날, 저는 지금도 그 날을 잊지 못합니다. 글을 보자마자 가슴 먹먹하여 아무 일도 할 수 없었습니다. 미어지고 아팠습니다. 앞으론 웃는 날만 있을 거예요. 늘 응원합니다.

-dudtla0114 마리아 이웃님

저는 확신합니다. 가난과 눈물로 살아온 수많은 이들이, 절망과 좌절을 겪고 있는 수많은 이들이, 작가님의 이 책을 통해 분명히 다시 희망을 아름답게 품을 거란 걸요. 작가님 글의 힘을 알거든요. 책 내주셔서 감사합니다.

-싱가폴윤 이웃님

거친 듯 여리고 먹먹하게 슬프다가 또 난데없이 빵 터지고, 가벼운 듯이 깊은 날것 그대로의 인간애가 묻어나는 글. 무엇보다 너무 솔직하고 정직해서 미워하려해도 결코 미워할 수 없는 사람. 고단하고 슬펐던 삶의 이야기를 이제라도 우리들에게 들려줘서 고마워요. 자신의 아픔을 글로 승화시키며 잘 견디고 또한 잘 살아줘서 감사합니다.

-느티나무 이웃님

매일 초롱이랑 포도랑 산책 하시고, 늘 정성 가득한 음식을 만드시고, 우리의 삶을 유머와 위트로 웃음 주시는 장 작가님. 마음 따뜻하신 작가님과 오래오래 함께 이웃하고 싶어요.
-하늘 이웃님

귀한 이야기 세상에 꺼내놔 주신 작가님 감사해요. 눈물과 좌절을 이겨내고 쉼 없이 달려 오셨기에 아프고 외로운 나날도 글감이 되고 추억이 되는 거겠죠. 작가님 책 읽고 많은 분들이 용기 내어 포기하려 했던 꿈을 향해 한 걸음 옮길 수 있길 기대합니다.
-외론 이웃님

그저 이웃처럼 친구처럼 지금 모습 그대로 우리 곁에 있어주길 바랍니다. 항상 제 기도 속에 작가님이 있다는 거 잊지 말아주세요.
-미서인천 이웃님

슬픔 속에도 잔잔한 감동 있고, 기쁨 속엔 더 큰 희망 있는, 작가님의 글은 언제나 봄 새싹의 기운이 느껴집니다. 가족만큼이나 작가님을 아끼는 이들이 많습니다. 우리 서로 의지하며 함께 달려요.
-아리아띠 정혜주 이웃님

후원해 주신 분

정혜주 아리아띠

모카

정연희 joh6622agd

한걸음한걸음

외론

임나경 느티나무

한스

herstorynam

하종현

김정애 푸우

최영이 초이

샤프

정윤숙 마리아

querencia

후원해 주신 분

조향미 그래그래

애솔 그리움

지효경기

김혜성 2mons

비오는목요일

권영심 권여사

박현진 지니

김애심

이옥희

안수진 새벽

김은지 dddkej

김숙명 야생화G경기

이승희 손길

이혜숙 정원

후원해 주신 분

이영선

johannak63

한정연 LiLac33

글라라

온새미로

원학수

오애선

가수팬

하늘

후원해 주신 분들께
진심으로 감사의 말씀 올립니다.

눈물아, 달려라!

1판 1쇄 발행 2023년 2월 20일
1판 2쇄 발행 2023년 6월 30일

지은이 장미자

교정 신선미 **편집** 윤혜원 **마케팅·지원** 이진선
펴낸곳 (주)하움출판사 **펴낸이** 문현광

이메일 haum1000@naver.com **홈페이지** haum.kr
블로그 blog.naver.com/haum **인스타** @haum1007

ISBN 979-11-6440-313-4(03810)